N° 20. COLLECTION ARTHUR SAVAÈTE A 2 FRANCS

Politique et Littérature, Arts, Sciences, Histoire, Philosophie et Religion

CAUSERIES
FRANCO-CANADIENNES

PREMIER ENTRETIEN

PAR

Arthur SAVAÈTE

DIRECTEUR DE LA *REVUE DU MONDE CATHOLIQUE*

PARIS

ARTHUR SAVAÈTE, ÉDITEUR

76, RUE DES SAINTS-PÈRES, 76

Causeries Franco=Canadiennes

N° 20   COLLECTION ARTHUR SAVAÈTE · **2 FRANCS.**

Politique et Littérature, Arts, Sciences, Histoire, Philosophie et Religion

CAUSERIES
FRANCO-CANADIENNES

PREMIER ENTRETIEN

PAR

Arthur SAVAÈTE

DIRECTEUR DE LA *REVUE DU MONDE CATHOLIQUE*

PARIS

ARTHUR SAVAÈTE, ÉDITEUR

76, RUE DES SAINTS-PÈRES, 76

—

CAUSERIES
FRANCO-CANADIENNES

PREMIER ENTRETIEN

PAR

Arthur SAVAÈTE

DIRECTEUR DE LA *REVUE DU MONDE CATHOLIQUE*

PARIS

ARTHUR SAVAÈTE, ÉDITEUR

76, RUE DES SAINTS-PÈRES, 76

CAUSERIES

FRANCO-CANADIENNES

PREMIER ENTRETIEN

M. Jaurand est un capitaine de la garde, en retraite, chevalier de la Légion d'Honneur. Il combattit vaillamment en 1870, fut emmené prisonnier au fond de l'Allemagne où il subit, par un hiver rigoureux, une captivité pénible. Il s'évada pour reprendre sa place dans le rang; mais aujourd'hui, trop jeune encore pour ne vivre plus que dans la pensée de ses prouesses passées, il occupe à mes côtés ses derniers loisirs.

C'est lui qui, généralement, me présente les personnes qui désirent m'entretenir. Il me garde au besoin des importuns.

— Toc, toc, toc.

— Entrez.

— Monsieur, fit le capitaine Jaurand, venant à moi tout en jetant derrière lui un regard inquisiteur, Monsieur, voici deux personnes qui demandent à vous causer.

— Bon ! et que veulent-elles ?

— Elles ne paraissent pas disposées à le dire à d'autres qu'à vous-même.

— Je suis fort occupé.

— Je l'ai bien dit, mais elles insistent.

— Les connaissez-vous ?

— Non ; ce me semble être des étrangers.

— Se sont-ils fait connaître ?

— Non pas.

— Alors, je n'y suis pas.

— Mais si, Monsieur ; mais si ! Vous voilà bien, et nous venons d'assez loin pour nous permettre une légère infraction à la consigne.

Le capitaine s'efface, et les voilà, mes gens, fort aises de s'être introduits.

Ce sont deux Messieurs très convenablement mis, qui, sans plus de façon, avaient emboîté le pas au capitaine et se présentaient eux-mêmes sans s'attarder davantage à la porte. Je me dis : c'est peut-être une mode de chez eux !

— Excusez-nous, Monsieur, d'être importuns. Quand on vient de fort loin, on ne manque pas un but sans regret.

— Vous venez, Messieurs ?...

— De Québec, dont vous venez de parler assez longuement dans la *Revue du Monde Catholique*.

— Vous venez du Canada ! Certes, c'est au delà du boulevard, même extérieur, et vous devez être aussi fatigués que pressés ; je comprends cela, et j'accorde que vous pouvez être, de plus, un peu exigeants. Soyez les bienvenus, Messieurs, et faites-moi le plaisir de vous asseoir.

— Et d'abord, continua celui qui me paraissait être le plus avancé en âge, laissez-moi vous dire qui nous sommes. Mon ami, que voilà, est un sollicitor qui, malgré sa modestie, me permettra de dire qu'il est distingué.

A ces mots, je fis un mouvement qui n'échappa point à mon visiteur ; il sourit en ajoutant :

— .... Il ne vient rien solliciter, sachez-le, ni chercher querelle à personne non plus. Il fut un protégé de Mgr Ignace Bourget, incidemment son mandataire, et toujours son ami respectueux autant que dévoué. Il s'appelle M..., et, pour son compte, il voulait vous dire le plaisir qu'il a eu à lire la *Revue du Monde Catholique* défendant l'œuvre et la mémoire du saint évêque, mort à la peine et dans la paix du Seigneur.

Moi-même, M. le Directeur [1], je suis professeur à Laval de Québec, et j'avoue très franchement que je ne partage pas toutes vos opinions, non plus celles de mon compagnon.

— Cela n'est pas nécessaire, cher maître, pour que dans la même paix vous puissiez, à l'occasion, vous éteindre dans le Seigneur. Paix aux hommes de bonne volonté, chantèrent les messagers célestes en une circonstance faite pour attendrir les cœurs. J'espère que vous n'êtes pas insensible à la justice,... pas davantage à la vérité,... et que vous n'êtes pas un criminel !

— Que non ! fit-il, éclatant d'une franche gaieté.

— La vérité : vous l'aimez comme la justice !

— Certes !

— Par suite, en raisonnant, preuves en mains, on peut donc s'entendre avec vous pour l'amour de Dieu et le bien de la Patrie. Car, enfin, là-bas si vous n'avez aucune bonne raison d'être antimilitaristes, vous en avez beaucoup pour surveiller l'*évolution* de votre patriotisme qui tourne à l'anglo-saxonnisme à force de scepticisme et de libéralisme !

— Comment cela ?

— On le verra bien, et vous ne l'ignorez pas si vraiment vous venez de Québec ! Un mot seulement : il y a chez vous deux races concurrentes, jadis ennemies ; n'est-ce pas ? Vous paraissez être l'un et l'autre des Canadiens français. Quel intérêt auriez-vous vous-mêmes, par exemple, ou vos enfants, tout en gardant la *tare*, si *tare* il y a, de votre origine française, à devenir des Anglais de goûts, de langage et de cœur ?

---

1. C'est du Directeur de la *Revue du Monde catholique* qu'il s'agit.

Pourquoi renonceriez-vous à vos droits d'aînesse, aux bénédictions, aux espérances qu'il vous lègue pour un brillant avenir ? Oui, il y a chez vous un patriotisme anglais ; il y a aussi un patriotisme français ; j'estime que celui-ci doit avoir vos préférences, mais qu'il est en déclin par les complaisances de vos libéraux.

Comme mes visiteurs avaient échangé ces propos debout, j'insistais pour qu'ils prissent place à mes côtés.

Je les observais tandis que, sans façon, ils s'installaient dans des fauteuils bas qui les mirent à l'aise tout à fait, et l'entretien continua comme suit :

LE SOLLICITOR

Monsieur le Directeur, vous venez de rendre aux catholiques canadiens un service dont, ici, vous ne pouvez apprécier toute l'importance : elle est capitale à mon avis.

LE PROFESSEUR

Je ferai amicalement observer que mon compagnon généralise assez facilement les choses et en exagère parfois, sans s'en rendre compte, la nature ou les dimensions. Il le fait, du reste, avec les meilleures intentions : il est sociable avant tout. C'est sa façon d'être ; elle vaut ce qu'elle vaut en société ; mais des critiques professionnels, comme le sont les lumières des Universités, ne sauraient la partager sans réserves.

LE DIRECTEUR

Je ne puis, certes, et, pour ma part, que savoir le meilleur gré à M. le Sollicitor d'avoir apprécié mes intentions loyales. Il veut bien ajouter qu'en y cédant j'ai rendu un grand service à mes coreligionnaires et compatriotes canadiens. Exagéré ou non, le compliment est agréable ; une communauté de vues fait naître nécessairement de la sympathie.

LE SOLLICITOR

De cette sympathie, M. le Directeur, je ne voudrais pas déjà abuser. Mon ami a pris la peine de vous prévenir que nous ne sommes pas en toutes choses fatalement d'accord. Nous connaissons l'un et l'autre des perspectives qui diffèrent, et c'est d'ailleurs en cherchant à nous éclairer mutuellement que nous occupons les plus utiles de nos loisirs. Mon compagnon peut me contrarier, me contredire ; j'use envers lui de la même liberté : la vérité souvent y trouve son compte. Qu'il me suffise donc de dire qu'en sa présence on peut parler ouvertement sans courir les risques de l'indiscrétion ou de la malveillance.

LE DIRECTEUR

Cette assurance a son prix en toute circonstance. Mais, pour le quart d'heure, avais-je à me tenir en garde ? Que désirez-vous me confier ou qu'attendez-vous de moi ?

LE PROFESSEUR

Personnellement, en touchant barre à Paris, je voulais voir, entendre celui qui nous parle d'*abîme* en faisant des révélations curieuses et même sensationnelles. Si cela m'était permis je vous demanderais volontiers quel ami ou quel ennemi a pu vous armer ainsi et vous inspirer !

LE DIRECTEUR

C'est, comme on dit vulgairement, mettre les pieds dans le plat. Cela ne saurait me déplaire, encore moins m'embarrasser. Par tempérament, Monsieur, je suis fort peu porté à faire des confidences. J'ai, pour m'en garder, de multiples raisons, toutes respectables. Par ma situation, en effet, je sais et j'entends beaucoup, je devine davantage ; et, rece-

vant force communications, j'ai à les utiliser professionnel-
lement, mais à couvrir ceux qui me les font; autrement!...
Il est une confidence, néanmoins, qui ne me coûte rien : je
suis enner·¹ des petits papiers; je déplore l'abus que certaines gens en font volontiers dans un but intéressé, du reste.
Je n'exagère rien, pour mon compte, en affirmant qu'on
pourrait mettre mes papiers, pourtant nombreux, sens dessus dessous et y puiser à volonté sans arriver à prélever
le moindre document capable de compromettre le dernier
de mes contemporains. En certaines circonstances il y a des
précautions préliminaires à prendre et celles-là je ne les né-
glige jamais.

LE SOLLICITOR

Nous ne demandons pas, certes, qu'une indiscrétion quelconque soit commise en notre faveur : ce serait une injure
gratuite que de l'attendre de vous. Au surplus, nous n'avons
aucun titre pour la rechercher ou la solliciter.

LE PROFESSEUR

Pardon! Vous êtes sincère en ce propos; mais, pour mon
compte, je ne pourrais pas le tenir. Je dois à la franchise
même de M. le Directeur cet aveu : je voudrais réellement
savoir qui informe la *Revue du Monde Catholique*; et, dans
les milieux que je fréquente, au Séminaire de Nicolet, par
exemple, dans celui de Québec aussi, et surtout à l'Université de Laval, on cherche à l'apprendre, et on le saura, dit-
on, à tout prix. Je collectionnerais, certainement, les félicitations les plus vives, les plus variées, si je pouvais, même
télégraphiquement, fournir en haut lieu ce précieux rensei-
gnement.

LE DIRECTEUR

Si vous êtes *reporter*, et ce n'est pas un sot métier, vous
pouvez user de mes paroles; je ne vous dirai que ce qui me

plaît et vous pouvez en tirer avantage, sans me réserver les droits d'auteur, si la matière en vaut!

LE SOLLICITOR

Pour vous donner une idée de la contrariété que causent chez nous vos révélations, il faut savoir que la *Revue du Monde Catholique*, déjà si redoutée par nos libéraux canadiens au temps où Mgr Justin Fèvre y disait avec rudesse son sentiment, est devenue maintenant pour tout un clan un véritable objet de terreur. Au Séminaire de Nicolet, couramment, *on vous dit* : Avec Mgr Fèvre, on pouvait s'attendre à des observations sévères, à des critiques amères; mais il était prêtre avant tout et il ne s'affranchissait jamais de la solidarité ecclésiastique. En cette circonstance, parmi ces documents, il eût été embarrassé; il les eût interprétés, commentés, il ne les aurait pas publiés *in extenso*. Où allons-nous?

LE DIRECTEUR

Que savent-ils des intentions de mon regretté collaborateur?

LE PROFESSEUR

On le pense, du moins.

LE DIRECTEUR

Je n'ai pas à dire ce qu'eût fait Mgr Justin Fèvre de son vivant · il se passait d'interprète, et il disait à mesure ce qu'il pensait. En tout cas, ce n'est pas la justice restreinte qu'on lui a rendue au Canada, qu'il aimait tant, qui aurait pu lui en imposer.

LE SOLLICITOR

Toujours est-il que si, alors, les libéraux laissaient encore traîner votre *Revue* dans les cabinets de lecture, aujourd'hui et depuis le 15 décembre exactement, ils la cachent ou la font disparaître.

LE DIRECTEUR

Est-ce qu'elle les gêne?

LE PROFESSEUR

Enormément. Pensez donc! Ils ne veulent pas qu'on lise ces documents, même qu'on les soupçonne. Ils tremblent à la seule pensée que, peut-être, ce n'est pas la fin, que d'autres documents ont fui, et qu'ils peuvent voir aussi le jour. Et quels documents? se demandent-ils.

LE DIRECTEUR

Ils en connaissent donc de compromettants? Et comment les connaissent-ils?

LÉ SOLLICITOR

.... Oui, quels documents? Nos pauvres libéraux en ont forgé beaucoup qui étaient de circonstance et qui leur ont porté bonheur dans l'ombre. Ils les croyaient perdus dans la poudre des archives, et les voilà, menaçants et vengeurs, brandis on ne sait par quelles mains, et, comme l'épée légendaire, suspendus sur leurs têtes tremblantes : En avez-vous encore? Et, si vous en possédez, n'en aurez-vous pas pitié, de ces pauvres gens?

LE DIRECTEUR

Ils ne demandent point grâce et ils n'en firent point. La vérité historique, d'ailleurs, n'a pas à user de condescendance; ce qu'elle cache au bénéfice des uns, elle le dérobe à la justification des autres, et c'est se faire complice des bandits de l'Histoire que d'essayer d'en altérer les faits et les enseignements.

LE SOLLICITOR

C'est l'évidence même.

LE DIRECTEUR

Parfaitement. Vos libéraux, vos francs-maçons, vos mille autres conjurés — car le Canada devient de plus en plus une terre d'élection pour des sociétés occultes et secrètes, parce qu'elles sont contraires à la loi et menaçantes pour la société — savent de combien d'intrigues ils sont coupables; de combien de mensonges et de forfaits ils sont chargés; et parce qu'ils sentent les réflecteurs de la critique documentée fouillant en eux, ils tremblent comme les reptiles solitaires jetés dans un plein jour, et ils s'efforcent de reculer dans la nuit favorable à leurs entreprises révolutionnaires, toujours ténébreuses. Que ces gens soient profondément troublés, on le conçoit; qu'ils veuillent, en outre, savoir ce qu'ils ont à redouter encore, c'est tout à fait naturel. Aussi, irais-je au-devant de leurs vœux, et je vais les renseigner, si tant est que vous ayez charge de les informer.

LE PROFESSEUR

Vous direz d'où viennent ces documents? et qui vous les procure?

LE DIRECTEUR

Entendons-nous : Je puis laisser supposer comment ils me sont parvenus; cela doit suffire à ceux qui ne s'inquiètent que de leur nombre ou de leur authenticité.

D'abord, nul ne contestera, j'en suis sûr, l'authenticité des documents déjà publiés; on ne suspectera pas davantage ceux qui verront le jour prochainement, que ces pièces fort sug-gestives pour les uns, très compromettantes pour les autres ne fussent pas, dans la pensée de leurs auteurs, destinées à l'usage que j'en fais, je ne le recherche pas un instant; mais que leur publication fut nécessaire pour rassurer les bons et confondre des malfaiteurs, j'en ai, outre la certitude morale que me donne la satisfaction d'un devoir bien rempli, le témoignage écrit de plusieurs de vos évêques. Il ne faut pas davantage pour me mettre à l'aise et me faire persévérer dans l'œuvre d'assainissement entreprise à votre profit.

Comme cependant je ne veux pas passer à vos yeux pour un écumeur d'archives, et que je désire, en même temps, donner la mesure de ce qu'on peut craindre ou espérer, je vous rappelle, Messieurs, l'aveu déconcertant du seigneur Zitelli[1]. Il reconnaissait que plusieurs au moins — sinon tous — de mes documents sont partis directement de Rome, qu'ils avaient été envoyés ici et là, où ils n'avaient que faire : témoin les pérégrinations insolites du *Mémoire* de Mgr Laflèche, mémoire écrit cependant à la demande de Léon XIII, à l'usage exclusif des cardinaux de la Propagande qu'il fallait renseigner sur les difficultés religieuses du Canada. Voilà déjà une *fuite* sérieuse, pour parler l'argot admis en ces sortes d'affaires. Zitelli était un escamoteur émérite; il s'en vantait. Il a pu opérer avec plus ou moins d'activité en 1882, et de même, avant comme après cette date; il le faisait au bénéfice de ses amis du Canada, comme de ceux d'autres lieux, s'efforçant, quand il le fallait et comme il le pouvait, non seulement de détourner de leur destination des documents d'intérêt général ou particulier, mais encore de les intercepter pour les livrer à des gens dénués de scrupules, et qui s'y intéressaient pour des raisons inavouables.

---

1. Voir Voix canadiennes, *Vers l'abîme*, par Arthur Savaète, vol. in-8º, 2 fr. (chez Savaète, Paris).

LE SOLLICITOR

Il est bien certain que Mgr Zitelli a encouru des responsabilités lourdes et que, eu égard aux affaires canadiennes pendantes en cour de Rome, il fut plus malhonnête qu'un Ullmo; plus méprisable qu'un Dreyfus; son inconscience, apparemment, le préservait des remords cuisants.

LE DIRECTEUR

L'inconscience, peut-être; mais l'accoutumance incontestablement. Songez donc avec quelle maîtrise il opérait en 1882! Tant de sang-froid et cette jactance dans une entreprise abominable ne révèlent-ils pas une longue pratique encouragée par une constante impunité? Cet homme fut employé à la Propagande dès l'année 1875; il y travaillait encore en janvier 1889, date à laquelle il trépassa. Zitelli a, sans contradiction possible, trahi ses chefs, le Pape et l'Eglise : c'est un fait acquis, avoué. De pareilles pratiques était-il donc *seul capable?* Il avait des complices, il a dû avoir des imitateurs. Quoi qu'il en soit, il est une chose que j'ai affirmée et que je confirme : Mgr J. Fèvre, mon ami, mon collaborateur, était fort bien renseigné; il l'était de première main avec autant de discrétion que de sûreté; et certes, il n'était pas le correspondant de Zitelli!!! Pour ce qui concerne le Canada, en particulier, il avait des tiroirs bourrés de documents précieux, inédits dont il comptait se servir pour écrire l'Histoire vraie de ce pays, non pas une légende burlesque, à grands renforts de recettes pharmaceutiques ou d'ordonnances de vétérinaire comme voudra le tenter certain Dr de Villecourt; mais les faits publiés, appuyés de mémoires secrets, avec des pièces authentiques venant d'archives généralement closes. Ces trésors historiques, où sont-ils? me demanderez-vous. Croyez-les en lieu sûr. Assurément, ils ne courent aucun risque entre mes mains, à supposer qu'ils s'y trouvent.

LE PROFESSEUR

C'est une misère à constater et qu'il faut déplorer : depuis 1870, Rome est sens dessus dessous ; il y règne, dans tous les domaines, un état véritablement révolutionnaire. Parcourez, pour vous en convaincre, la *Semaine religieuse* de Montréal (21 mars 1908). La correspondance romaine de ce numéro vous dira quels tours pendables, même de nos jours, des serviteurs infidèles de la Papauté osent jouer à la mémoire de Léon XIII ; de quelles trahisons ils sont toujours capables envers Pie X lui-même.

LE DIRECTEUR

Tout cela, sans doute, ne va pas sans défaillances multiples et sans corruption généralisée en certains milieux. Les rumeurs sont des rumeurs ; sur leur naissance on peut discourir. Tout de même il fallait une singulière idée de l'efficacité de la prière du seigneur Zitelli, chez certaines gens de Québec, pour que de temps à autre, ils envoyassent à ce peu recommandable personnage 5 à 600 francs pour une seule intention de messe ! Ceci était, n'en doutez pas, le prétexte de la rétribution d'un service qui n'avait rien de particulièrement saint ou spirituel.

LE SOLLICITOR

Quant à moi, je vous abandonne Zitelli et ses œuvres ; ceux là même qui le faisaient marcher, s'en cachaient soigneusement. Vous le dirai-je, M. le Directeur, votre sévérité pour les libéraux s'est singulièrement radoucie dès que vous avez eu affaire à sir Wilfrid Laurier. Tout ce que vous en avez dit n'est pourtant pas vérité pure. Par exemple, il n'est pas exact que W. Laurier *fit admettre le français comme langue officielle au Canada*. On lui reproche précisément, et fort justement d'ailleurs, de laisser l'*anglais* empiéter sur le *français*:

c'est même, de sa part, un parti pris qui nous est nuisible, à nous Canadiens français.

LE DIRECTEUR

M. Wilfrid Laurier, lors de ses visites, nous a charmé par ses manières distinguées et par ses discours flatteurs, qui paraissaient sincères ; nous a-t-il trompé ?

LE SOLLICITOR

Certainement.

LE PROFESSEUR

C'est bien absolu, cette affirmation-là.

LE DIRECTEUR

Il me semble.

LE SOLLICITOR

Pas le moins du monde, et j'en parle, Messieurs, en parfaite connaissance de cause. Je suis l'aîné de Wilfrid Laurier de deux printemps, et je fus plusieurs années son condisciple, presque son camarade ; il fut mon partenaire en des jeux variés ; je l'ai bombardé de balles en été, de boules de neige en hiver ; je l'ai vu souriant et morose, insinuant et sceptique, libéral d'instinct et de race dès sa prime jeunesse : il a tenu ce qu'il promettait et en faisant fortune il n'a pas réjoui ses camarades, ni honoré ses maîtres. Il est parvenu par tous les moyens, et il veut se maintenir à tout prix. A son intérêt personnel, à son élévation durable, au triomphe final de ses systèmes il n'est sacrifice, en morale comme en doctrine, qu'il ne consente allégrement. Il est libre-penseur, opportuniste. Rochefort, s'il avait à le qualifier en son rude langage le dirait : J'enfoutiste endurci dans son libéralisme équivoque et dans sa vertu empruntée.

LE DIRECTEUR

Vous dites avoir été le condisciple de sir Wilfrid Laurier?

LE SOLLICITOR

Mais oui, et mon compagnon pareillement. Nous l'avons connu au collège dès ses débuts et depuis lors, ni l'un ni l'autre, nous ne l'avons perdu de vue un seul instant. Mon ami ne me contredira certainement pas si j'affirme énergiquement devant lui que Wilfrid Laurier est au gouvernement ce qu'il paraissait déjà, tout enfant, au collège : ambitieux, libéral par principe comme de tempérament; c'était un pauvre caractère, flottant et faible; un esprit avisé, essentiellement opportuniste qui consultait toutes les girouettes avant de prendre la moindre résolution et qu'on ne vit jamais voguer vent debout. Voyons, mon cher docteur, dites-le-nous : Avezvous jamais connu à Wilfrid un brin de piété, même à un âge où l'enfance en éprouve le plus facilement? Pour le moins savait-il dissimuler sa vertu! Je l'ai observé sur les bancs quatre années, et mes amis durant toutes ses humanités et à l'Université, c'est-à-dire dans la phase de son existence où Wilfrid Laurier se montrait sans apprêt comme sans façon, tel qu'il était au fond, et je vous assure que ni ceux qui nous précédèrent à ses côtés, ni ceux qui nous y suivirent, personne n'a jamais entrevu en cet enfant, en ce jeune homme, captivant tant qu'on le voudra, un futur défenseur des intérêts de la Patrie, ou de ceux de l'Eglise. Je veux bien admettre que ces indices n'ont rien de bien tranchant et d'absolu; ils suffisent néanmoins, Monsieur le Directeur, pour que vous atténuiez pour le moins ce que vous avez dit de trop flatteur sur le compte de notre maître!

LE DIRECTEUR

Je n'ai pas pour défendre sir Wilfrid Laurier des raisons

personnelles qui valent contre la vérité que j'honore avant tout. Vous auriez pu, à coup sûr, avoir pire maître que Laurier, c'est mon avis. Il est au pouvoir depuis 1896; il compte y rester longtemps encore, et s'il n'a pas tous les titres aptes à l'y maintenir, convenez-en, du moins : il a un talent fort apparent et il excelle dans l'art de subjuguer son entourage; c'est un charmeur !

LE SOLLICITOR

..... d'étourneaux !

LE DIRECTEUR

Excusez cette observation : Ne vous sentez-vous pas un peu prévenu contre lui par des exigences confessionnelles ? A vous croire, ce cher Wilfrid, comme caractère au sens chrétien, comme valeur morale et patriote sincère, ne pèserait pas le bon poids. C'est de l'animosité, c'est...

LE SOLLICITOR

Pas le moindrement. J'ai rappelé ce qu'il était au collège. J'aurais pu dire d'abord ce qu'il fut dès le berceau. Né dans un milieu où le libéralisme était dans l'air ambiant et qu'on respirait sans coupage, il trouva dès la première heure, et comme intentionnellement, les œuvres complètes de Voltaire sous la main. Sa mère était un ange de piété, je le veux bien. Elle aurait pu façonner le cœur, orienter l'esprit de son enfant; mais elle mourut avant d'avoir pu commencer cette tâche et le jeune Wilfrid n'eut plus dès lors pour guide au foyer qu'un père sceptique et frondeur qui ne parut chrétien d'occasion qu'à l'heure de sa mort. L'élève au collège fut donc ce qu'en avait fait ce digne père, et il ne changea pas jusqu'en 1881 ou 1882, époque où il alla faire ses études de droit à l'Université protestante Mac Gill de Montréal. Avec la liberté se dessinèrent aussitôt les affinités de l'étudiant émancipé. Loin de s'attacher à quelques sommités en renom, offrant à la jeunesse catholique de suffisantes garanties intellectuelles et morales, le jeune Laurier, dans le but de se pousser, choisit comme patrons deux avocats, impies notoires, tenant alors bureau à Montréal; je nomme Doutre et Laflamme.

Quand, par aventure, il avait à affirmer son opinion confessionnelle, pour ne pas effaroucher les protestants et ne point s'aliéner les catholiques, dans l'espoir de grouper les centres et pour parvenir, avec leur appui et en dépit des extrêmes, il se disait hautement libéral, mais à la façon gracieuse et noble des Montalembert, des Lacordaire. Quand, à l'occasion encore, il avait à exprimer un sentiment politique, alors aussi, avec un sens apparent de l'opportunité dont aurait dû bénéficier la patrie commune, il exprimait le vœu, même publiquement, de voir les Canadiens français arrondir leurs angles, prendre de la souplesse, s'unir finalement, pour se fusionner s'entend, avec le grand tout anglo-saxon où il n'y aurait plus que des intérêts et que des aspirations communes.

LE DIRECTEUR

Je sais que les catholiques ont plus d'un sujet de mécontentement. Je songe notamment à l'affaire des écoles du Manitoba.

LE SOLLICITOR

Par une de ses défaillances, jugez des autres. Cette affaire scolaire était, pour les catholiques, d'importance capitale. Laurier pouvait agir, trancher dans le sens de la morale et de l'équité; il avait solennellement promis, à Saint-Roch de Québec, de donner gain de cause aux catholiques qui ne demandaient que justice. Mais foin de promesses, d'honneur et d'équité! il lâcha les siens et livra notre jeunesse aux protestants qui la revendiquaient pour la contaminer. Il ne fit pas mieux, en 1905, quand il sacrifiait les droits scolaires des catholiques à la haine des sectaires dans les provinces d'Alberta et de Saskatchewan.

Du reste, quels sont ses organes et ses collaborateurs? Les journaux *Le Canada* et *Le Soleil*, feuilles officielles de son gouvernement, sont rédigés : le premier par le f.·. Godefroy Langlois; le second, par l'athée d'Hellencourt. En 1898, pour donner des gages à l'opposition, il nommait au poste de lieutenant gouverneur de la province de Québec L.-A. Jetté qui s'était, et peut-être parce qu'il s'était déjà déclaré admirateur enthousiaste des « immortels principes de 89 »! On peut consulter à ce sujet les débats du procès Guibord. Mû par les mêmes préoccupations ou par des engagements contractés, il nommait sénateurs des hommes tels que R. Dandurand, Béique, Cloran, Dufey, L. O. David, Geo, Dessaulles, etc.; il nommait juges : un Fitzpatrick, un P. C. Martineau et tant d'autres, tous ou libéraux avérés, ou radicaux militants, parfois sectaires enragés, sinon déjà révolutionnaires. Je ne veux pas rappeler ici pour m'appuyer la vérité banale du proverbe qui vous fait ressembler à ceux qu'on fréquente.

LE DIRECTEUR

On l'accuse discrètement de ruse, voire même de complicité.

LE SOLLICITOR

Qu'on ne se gêne donc pas! Se gêne-t-il? Voyons, est-ce qu'il l'a organisée en plein jour sa conquête de Rome?

LE PROFESSEUR

Ah! çà. Laurier émule d'Annibal : je ne me le figurais pas!

LE DIRECTEUR

Un héros tout d'une pièce : c'est imposant.

Causeries.

LE SOLLICITOR

Il est tout juste un intrigant heureux! Sa conquête de Rome ne lui coûta point cher, je vous l'assure. Il organisa un défilé à Rome de personnages tous plus ou moins ses créatures, et qu'il avait convertis pour la circonstance en avocats stylés ayant charge de lui gagner la cour pontificale. C'était Achille Bergevin, député; Dandurand, Béique, sénateurs; le premier ministre Lomer Gouin, et d'autres qui se succédèrent au Vatican. Tous ces hauts personnages avaient pour mission de faire valoir la personne et la politique du patron; de démontrer que son dévouement à l'Eglise n'était pas une vaine apparence, mais que tous ses actes s'accordaient avec les vues du Saint-Siège au Canada. Il s'agissait ainsi de ménager à Laurier, futur candidat à la charge qu'il occupe déjà, un accueil flatteur lors de sa visite projetée au Vatican.

Mais le Saint-Père était, de par ailleurs, fort bien informé, et sir Wilfrid Laurier, malgré sa démarche personnelle, ses explications et toutes ses instances, ne put faire agréer par le Saint-Père les tendances de sa politique dissolvante. Tout ce qu'il semble avoir emporté du Vatican est l'assurance qu'on ne le combattrait pas ouvertement, qu'on fermerait les yeux et garderait le silence en ce qui le concerne personnellement.

LE PROFESSEUR

Cependant le cardinal V. Vannutelli ne lui tint point rigueur, bien au contraire. En effet, dans un banquet politique donné au collège canadien, et qui eut quelque éclat, ne fit-il pas un éloge pompeux de sir Wilfrid Laurier lui-même et de toute sa politique? Ne l'a-t-il pas qualifié publiquement de « serviteur dévoué de l'Eglise catholique »? Et alors?

LE SOLLICITOR

Alors ? Qu'est-ce que cela prouve donc sinon que ce brave cardinal V. Vannutelli, mal renseigné, a fait une gaffe à joindre à la collection qu'il avait déjà au tableau. Dire du bien de Laurier en sa présence n'est pas d'ailleurs, pour un Italien moins que pour tous autres, écrire de l'histoire ; et approuver au champagne la politique du même n'était pas définir un dogme qui dût forcer notre entendement. Le cardinal V. Vannutelli a dit ce qu'il ignorait : supposons donc qu'il n'a rien dit, c'est exactement la même chose, et il importe que la galerie, pour laquelle on discourait, ne prenne pas un cardinal, si éminent fût-il, pour Rome entière ou pour l'Eglise catholique !

Certes, les propos de V. Vannutelli avaient du poids pour Laurier. Celui-ci, qui, si ce cardinal n'avait pas marché, aurait volontiers fait les frais d'un discours de même force, eut soin de faire télégraphier tout le morceau au Canada, où il y fit grande impression ; c'est tout ce qu'on voulait. Ce discours, comme une batterie irrésistible, est actuellement à la réserve du matériel électoral de l'artiste qui a su se le procurer.

LE DIRECTEUR

Il est certain que les électeurs s'entendront dire et répéter bientôt que par le cardinal V. Vannutelli, Rome a parlé en faveur de sir Wilfrid Laurier.

LE SOLLICITOR

Ça, nous ne le supporterons pas !

LE DIRECTEUR

Personnellement, j'en veux à Wilfrid Laurier d'avoir fait au Canada l'importation intense des Juifs européens. Dans son discours d'Ottawa, il les invitait à venir chercher dans le *Dominion* fortune et liberté. Pour Israël, la liberté, dont ils abusent partout, c'est fatalement la fortune par l'usure; les Canadiens en feront les frais comme l'Autriche et la Pologne, comme la France actuellement.

LE PROFESSEUR

L'appel a été entendu : Montréal compte déjà 30.000 fils de Judas, et ces Juifs, aussi pratiques que reconnaissants, se fortifient dans une action politique très précise; ils se groupent et se comptent dans leur *Club Laurier*. Vous voyez, ils ne récusent pas leur bienfaiteur qui se reconnaît être sceptique en matières religieuses, éclectique surtout dans le choix de ses clients.

LE SOLLICITOR

Donc, M. le Directeur, votre première appréciation relative à notre *Premier* est sujette à revision.

LE DIRECTEUR

J'en conviens.

LE SOLLICITOR

C'est que les aventures de la France catholique hantent nos esprits et les troublent. Loin de moi la pensée de ravaler notre Premier au niveau surbaissé d'Emile Combes : il n'est ni persécuteur, ni renégat. Mais la France non plus n'est arrivée au fond de l'abîme, où elle agonise aujourd'hui, que par étapes *successives ;* et c'est de roc en roc, en passant de tyrans en apostats, qu'elle a roulé dans le précipice où ont sombré finalement ses libertés les mieux acquises, ses biens les plus chers et les meilleurs de ses enfants, pêle-mêle pourchassés, sacrifiés et perdus.

LE PROFESSEUR

M. Emile Combes est affligé d'une mentalité qui en fait un phénomène intéressant à observer. Il fait périodiquement des confidences à la *Nouvelle Presse* de Vienne. Ne lui cherchons pas noise au sujet de la tribune qu'il accepte : tous les goûts sont dans la nature et toutes les faiblesses aussi. C'est donc aux Allemands, aux alliés des Prussiens, que cet ancien président du conseil des ministres de France réserve ses plus intimes confidences. Et que leur dit-il, que leur répète-t-il sur des tons variés? Qu'en France c'en est fait de l'Eglise catholique; que la foi s'en va, que les presbytères sont vides,... et que pourtant,... cependant,... toujours le péril clérical est pressant!

LE SOLLICITOR

Ce pauvre diable ne voit pas le sophisme et la contradiction.

LE DIRECTEUR

Combes a la mentalité de tous les apostats. Voyez dans l'Histoire l'empereur Julien qui lui ressemblait : que d'illusions en cette âme et que de déceptions dans sa vie de tyran toujours haletant et inassouvi! Pourriez-vous vous imaginer la raison d'être d'Emile Combes sans un péril clérical? Il lui faut de toute nécessité d'une part une religion vaincue, morte; et, d'autre part, un complot clérical menaçant les jours de la République. Comprend qui peut!

LE PROFESSEUR

Il fait grief à l'Eglise d'avoir, au nom de la monarchie et de l'empire, combattu la République sans merci. Comme si, ami de l'ordre, le clergé, comme toute autre classe de la société, ne pouvait prendre ses garanties où il les rencontrait!

LE DIRECTEUR

L'Eglise, à vrai dire, n'a pas d'une façon immuable de préférence politique; elle aime l'ordre qui facilite son action morale et elle respecte en tous lieux l'autorité digne de confiance et d'égards. On peut dire qu'elle n'a jamais, en France, poussé les partis; quelques-uns ont entraîné ses enfants; mais ceux-ci avaient en la matière toute liberté. Emile Combes s'arrête à l'indépendance récupérée par le Saint-Siège dans le choix des évêques et à la liberté des évêques dans la nomination des pasteurs des fidèles; il se plaint que pape et évêques s'attachent à choisir des instruments dociles, des gens médiocres mais soumis, plutôt que des natures d'élite, recommandables par leur savoir et par leur talent.

N'est-il pas admirable de voir E. Combes si préoccupé de ne rêver à la tête de l'Eglise de France que des esprits éminents, parmi lesquels il se serait rangé certainement s'il avait gardé la livrée du sanctuaire? Supposons que Pie X, pour le moment, recherche de préférence la piété et la soumission dans les prêtres qu'il appelle à la direction des fidèles, et qu'il semble préférer ces vertus à des qualités plus brillantes : qu'en conclure tout d'abord, si ce n'est que, sous le régime concordataire, un gouvernement hostile à l'Eglise lui avait imposé tant d'hommes qui, dépourvus assez généralement des éminentes qualités chères à M. Emile Combes, manquaient aussi et surtout de piété et de soumission, reconnaissant par des engagements, pris en marge de leur mandat sacerdotal, qu'ils devaient à l'Etat laïque plus qu'à l'Eglise romaine? C'est systématiquement que M. Dumay, directeur des Cultes, a conduit à la Séparation; durant vingt-cinq ans, c'est par hasard ou par simple inadvertance que ce directeur des Cultes laissait arriver à l'épiscopat des candidats ayant les mérites requis par le grand proscripteur, correspondant de la *Nouvelle Presse* de Vienne. En effet, de parti pris, et constamment, M. Dumay écartait les théologiens, les professeurs d'Universités ou d'Instituts catholiques et tout prêtre enfin, qui par désintéressement ou par vocation sincère vivait en dehors des intrigues et loin du monde. Certes, et c'est *Le Temps* qui en convient, on présentait de temps à autre au Saint-Siège un candidat de quelque valeur intellectuelle ou morale ; mais on ne le faisait généralement pas exprès. Ordinairement, ce rare homme était un objet de troc et son entrée livrait passage à d'autres qui s'offraient sans garantie !

Ce sont ces tristesses, cette abomination et cette désolation introduites dans le sanctuaire qui préparèrent la Séparation et la firent s'accomplir sans affliger l'Eglise outre mesure.

Combes vaticine que cette Eglise, battue et spoliée, revient à l'assaut ; qu'il faut se garer et déjà trembler. Le pauvre homme ! il dit en même temps que les écoles libres se dépeuplent, que les églises sont abandonnées, que les Congrégations ont disparu avec leurs biens, que le recrutement du clergé est tari, que le catholicisme se rétrécit chaque jour, que les campagnes font défection, que dans tous les cantons il y a des presbytères déserts et des temples fermés !... Mais alors, si vraiment il n'y a plus ni armée, ni trésor de guerre, ni foi, ni rien, qu'est encore l'Eglise en France, et où donc se trouve le péril clérical que dénonce ce mameluk ? Ou bien Combes se trompe sur l'état réel de l'ennemi qu'il se donne ; ou bien, en toute sécurité, il peut se coucher.

Cette digression, Messieurs, n'a d'autre raison d'être que de vous apprendre ce qui se dit et se passe chez nous ; et de vous laisser entrevoir ce que, par les mêmes procédés et moyens, on prépare chez vous. Il vous reste quelques étapes à franchir ; du pas où vous y allez, vous les franchirez en peu de temps.

LE SOLLICITOR

Donc, et raison de plus, il faut se défier de sir Wilfrid Laurier et des sacs enfarinés qui l'entourent. Mais s'il y avait lieu de revoir ce que vous avez dit de notre *Premier*, il faut aussi préciser la question des « biens des Jésuites ». A mon sens, vous l'avez trop sommairement traitée dans vos *Voix Canadiennes*.

LE PROFESSEUR

A peine y est-elle effleurée.

LE DIRECTEUR

Je l'ai indiquée, rien de plus, et je l'ai fait, ce me semble, à l'avantage de vos compatriotes !

LE PROFESSEUR

Parfaitement.

LE SOLLICITOR

Cette question est fort compliquée ; par suite, très peu connue ici et chez nous.

LE DIRECTEUR

Aucun livre jaune, bleu, rouge ou blanc n'a produit les documents officiels qui la concernent. Je vous dirai même que les Pères Jésuites, individuellement, sont à ce sujet aussi pauvrement documentés que les autres. Ainsi je m'accrochais un jour au Père Eug. G. et lui demandais : et ces « biens des Jésuites » dont parle Mgr Fèvre dans son complément de Darras, qu'est-ce que c'est ? Il m'avoua n'en savoir rien. J'attaquais alors le Rév. P. P. à ce même sujet ; il me dit : « Ah ! oui, oui ! J'ai entendu parler vaguement de cela !... Il y eut arrangement,... partage,... côte mal taillée,... oui, oui, côte fort mal taillée et recousue à la diable, mais je ne sais comment et pourquoi. — Cependant, fis-je remarquer, le Saint-Siège est intervenu. — Oui, le pape s'en est mêlé et a concilié les personnes, accommodé les choses. Les Jésuites ont reçu une part; on ne pouvait leur refuser tout, au bout du compte, et il paraît.... — Je sais bien, lui dis-je, que lors des négociations à Rome les représentants de la Compagnie n'avaient l'oreille de personne; que les antichambres, au Vatican, étaient encombrées de leurs compétiteurs, alors mieux en cour, et on a bâclé une répartition. — C'est cela, dit le Père; en somme, je n'en sais rien. » Force fut donc de me renseigner ailleurs, et je le suis.

LE PROFESSEUR

J'en étais certain.

LE DIRECTEUR

Vous en jugerez à l'instant même; nous ferons simplement de l'histoire.

Le bref par lequel le pape Clément XIV supprima la Compagnie de Jésus est du 21 juillet 1773. Depuis plusieurs années déjà, à cette époque, l'Angleterre s'était arrogé le droit d'interdire aux Jésuites le recrutement de novices au Canada et, même avant le fameux bref de suppression, la Grande Bretagne élevait des prétentions sur les biens des Jésuites, en vertu de la conquête du Canada réalisée en 1760.

Il faut reconnaître toutefois qu'à l'exception d'une partie du collège de Québec, le gouvernement britannique ne s'empara des « biens des Jésuites » qu'en 1800, après la mort du Père Cazot, dernier représentant au Canada de la célèbre Compagnie. Ces biens, comme de raison, évêques et catholiques canadiens ne cessèrent de les revendiquer, mais toujours en vain. Sur ces entrefaites, la confédération canadienne se constitua (1867), et les « biens des Jésuites » furent alors remis au gouvernement de Québec, qui ne laissa pas d'être embarrassé du présent. C'est que, en effet, ce gouvernement était ultra-catholique, et il n'entendait ni de près, ni de loin, participer à un acte de spoliation au détriment de l'Eglise.

Si les membres du gouvernement étaient fils respectueux du Saint-Siège, on pouvait dire que, dans leur majorité, il en était de même des membres des deux Chambres législatives. L'idée vint donc naturellement à tous de réclamer, auprès d'un gouvernement et de corps élus si bien disposés, les dits « biens des Jésuites » qui n'avaient pas cessé, en droit, d'être des biens ecclésiastiques.

En fait, et il est incontestable que dans la pensée du clergé comme du peuple canadien, pris dans leur ensemble, il paraissait d'élémentaire équité, qu'autant que faire se pouvait, ces « biens » devaient faire retour à la Compagnie de Jésus, réinstallée au Canada depuis 1842. Seulement, le Saint-Siège en instaurant par indults le pouvoir de poursuivre la restitution de ces « *biens* des Jésuites » en tant que propriétés ecclésiastiques, ou plutôt de réclamer en leur lieu et place une équitable compensation en numéraire, se réserva de faire lui-même la distribution des espèces qui seraient allouées en liquidation de ce litige.

Un premier indult fut donc accordé à cet effet, en 1874, au Rév. P. Charaux, supérieur des Jésuites du Canada; mais, vu les obstacles imprévus qui surgirent, le Général de la Compagnie de Jésus pria le Saint-Père de reprendre son Indult, qui fut, en 1878, transmis d'abord à tous les évêques; puis, en 1884, à Mgr Taschereau, archevêque de Québec, nommément.

Aucune tentative n'ayant amené un résultat pratique, l'honorable M. H. Mercier, ancien élève des Jésuites, alors chef du gouvernement de Québec, voulut solutionner cette lancinante question des « biens des Jésuites ». Certainement dans son impatience entrait un sentiment respectable de justice et de reconnaissance envers ses anciens maîtres.

C'est ici qu'il faudrait s'arrêter un instant pour examiner

le terrain d'innombrables intrigues, scruter des cœurs et des reins, s'étonner de beaucoup de marches et de contre-marches ; gémir de force défaillances et d'inqualifiables cupidités chez des gens qui n'auraient pas dû connaître de pareilles faiblesses.

LE PROFESSEUR

Cette liquidation des « biens des Jésuites » à vrai dire, ne tenait au cœur que de quelques-uns. C'était surtout une cause de revendications bruyantes et d'agitation politique.

LE SOLLICITOR

Vous croyez cela ?

LE PROFESSEUR

Mais fort sérieusement. A Laval, la plupart ne pensaient autrement hier, ni aujourd'hui même !...

LE DIRECTEUR

Ni aujourd'hui même, mon cher Monsieur ! Eh bien ! si pareille opinion persiste dans des esprits distingués ou dure ailleurs par leurs affirmations, qui ne peuvent être que haineuses ou intéressées, à moins que ce ne soit là une façon particulière de distiller des remords aigris faute de repentir — et cette amertume-là se rencontre dans le sanctuaire — dites-le bien à vous-même d'abord, aux autres à l'occasion : c'est une erreur profonde et une grande infamie. Ça, c'est mon avis.

LE SOLLICITOR

Et le mien.

LE PROFESSEUR

Tant de sévérité repose-t-elle du moins sur des certitudes

qui rassurent votre conscience ? Inutile de redresser un tort au moyen d'un autre d'égale justesse morale.

LE DIRECTEUR

Ne le craignez pas ! Les documents que j'ai publiés dans mes *Voix Canadiennes* vous ont-ils édifié, convaincu, Monsieur ?

LE PROFESSEUR

Je suis ici pour le dire, et à le faire je n'éprouve aucune difficulté.

LE DIRECTEUR

Eh bien ! patience ! Je veux vous dire d'abord et succinctement, — car je ne désire accabler personne nommément et avec opiniâtreté, à moins que des démentis ne m'y contraignent, — que tout n'alla pas sur des roulettes dans la meilleure des causes. Vous me comprendrez assez, et vous devinerez dans la transparence des choses les personnalités comme les collectivités en lutte, quand je vous dirai que l'honorable M. Honoré Mercier rencontra, dans ses projets de rendre service à l'Eglise, en rendant justice aux meilleurs de ses serviteurs, les plus ardentes contrariétés de la part de gens de robe et d'Eglise dont il n'aurait dû connaître que le concours loyal et que les encouragements. Précisément, M. le Professeur, à contrarier ainsi le *Premier ministre* se distinguèrent tout particulièrement les tenants de l'Université de Laval, qui luttaient, comme pour leur chose, sous l'incompréhensible commandement de l'archevêque Taschereau, créé cardinal en 1886.

LE SOLLICITOR

C'est, en effet, cette opposition troublante et obstinée, qui décida l'honorable Honoré Mercier à se rendre à Rome et à y donner résolument de sa personne pour en terminer enfin.

Il vit le pape à ce sujet; il exposa à Léon XIII, qui avait du reste le génie, d'aucuns disent la *marotte* de la conciliation, comment il entendait trancher le litige. Le Saint-Père approuva ses vues comme ses moyens; et il rendit hommage aux intentions bienveillantes du gouvernement canadien.

LE DIRECTEUR

Et comme conclusion, ne le perdez pas de vue : en mars 1888, Léon XIII transmit de nouveau aux Jésuites l'*Indult* qui les autorisait à traiter eux-mêmes des « biens » qui leur revenaient en toute justice.

Mais, mais ! et ce fut le triomphe des intrigants et de la manie des *combinaisons* fort en honneur alors en cour de Rome, si les Jésuites obtenaient de l'autorité suprême, intendante souveraine de tous les biens de l'Eglise universelle, le droit de revendiquer leur dû, ils n'avaient pas, par là même, la liberté de recevoir l'objet litigieux, ni celle d'en disposer à leur gré. Le pape s'était jusqu'au bout réservé le droit de répartir la compensation offerte, car le gouvernement, si bienveillant qu'il fût, n'entendait accorder qu'une indemnité et non restituer les propriétés elles-mêmes, jadis confisquées.

Je vous disais tout à l'heure : patience ! C'était vous promettre non pas des raisonnements, mais des documents. Nous y arrivons.

LE PROFESSEUR

Vous m'intriguez.

LE DIRECTEUR

J'aime mieux vous éclairer. Cependant, laissez-moi vous le dire : cela m'étonne que sur ce point-là il me faille vous convaincre. Mes documents étaient à votre portée à Laval même. En tous cas, une petite excursion jusqu'au collège

Sainte-Marie, à Montréal, vous aurait donné pleine satisfaction.

LE PROFESSEUR

Comment cela ?

LE DIRECTEUR

Eh ! le plus naturellement du monde. Je doute que M. Honoré Mercier ait été moins prévenant pour l'Université de Laval qui le contrariait — et se trouvait ainsi partie dans le débat — que pour le R. P. Turgeon S. J., chargé, par la Compagnie de Jésus, de négocier avec le gouvernement canadien.

Admettons, par impossible, que le *Premier ministre* ait restreint le nombre de ses hommages ; Laval était bien capable et assez intéressé pour se procurer ce qu'on omettait de lui offrir et j'affirme donc qu'il doit exister dans la Bibliothèque de l'Université un certain livre intitulé : *Des documents relatifs au règlement de la Question des Biens des Jésuites* (1888-1889), volume imprimé par Desbarats et Cⁱᵉ, à Montréal, en 1890. M. Mercier en offrit un exemplaire au Père Turgeon, alors recteur du collège Sainte-Marie, pour être conservé aux archives de cet établissement. C'est dans cette édition officielle, à n'en pas douter, que mes informateurs ont puisé les pièces que voici, et d'abord, une lettre de M. Honoré Mercier, premier ministre, pour rappeler au P. Turgeon S. J., chargé de négocier l'affaire avec lui, les faits de la cause, à savoir : l'origine du conflit par la confiscation des *biens des Jésuites* opérée par l'Angleterre, les réclamations multiples et pressantes qui se produisirent périodiquement, et enfin les intentions du gouvernement actuel. Lisez-la [1].

. . . .

---

1. *Biens des Jésuites*. — Des biens considérables appartenant aux Jésuites du Canada furent réclamés, puis complètement confisqués par les autorités impériales d'Angleterre, à la mort du Père Casot, en 1800. Des réclamations énergiques ont été faites à ce sujet par les autorités religieuses et les citoyens du pays, notamment :

par Mgr Hubert, évêque de Québec, ... en 1791

LE PROFESSEUR

C'est précis. Que répondit le Père Turgeon à cette ouverture?

LE SOLLICITOR

Il faut retenir d'abord de cette lettre que le champ de la discussion ouvert au P. Turgeon avait été préalablement fort rétréci. Selon moi, il est manifeste, par la lecture de cette lettre officielle, que tout avait été, autre part, examiné, débattu et accepté d'avance; et qu'il ne s'agissait plus, sous forme de négociation apparente, que de dresser le procès-verbal d'une cause jugée et réglée entre les principales parties, en haut lieu; disons à Rome!

LE PROFESSEUR

Evidemment, il n'y avait plus à faire preuve de ruse ou de génie dans l'examen et dans la solution d'un litige fameux que des compétitions ardentes semblaient avoir embrouillé

---

par les citoyens de Québec. . . . . en 1793
par les Evêques Signay, év. de Québec : Turgeon, coadj. et
    Lartigue, auxil. . . . . vers 1835
par les év. Signay, Turgeon, Gaulin, Phelan, Bourget, Prince,
    Power . . . . en 1845
par le clergé des diocèses de Québec et de Montréal . . . en 1847
Les « Biens des Jésuites » furent remis au gouvernement de Québec après l'Acte de la Confédération (1867) : de là de nouvelles réclamations :
    par le R. P. Charaux, supérieur des Jésuites en Canada. . en 1874
    par les arch. et év. Taschereau, Laflèche, Langevin, Fabre,
    A. Racine, Duhamel, Moreau, D. Racine . . . . . . en 1878
    par Mgr Taschereau (en vertu d'un indult du 13 oct. 1884). en 1885
Enfin, un indult du 27 mars 1888 autorise les Pères Jésuites du Canada à traiter avec le gouvernement dans la question des *biens;* et le R. P. Turgeon est nommé par eux pour agir comme leur procureur.
Avant d'entrer en négociation avec le R. P. Turgeon, le gouvernement, dans sa communication officielle du 1er mai 1888, désire lui rappeler :
1º Qu'au sujet de ces biens le gouvernement ne reconnaît aucune obligation civile, mais seulement une obligation morale;
2º Qu'il ne saurait être question d'une restitution en nature dont

comme à dessein. Encore fallait-il présenter les choses sous un jour, dans des formes acceptables par l'opinion saisie.

LE DIRECTEUR

C'est ce dont on se préoccupait surtout dans les lettres échangées à la suite de la démarche de M. Honoré Mercier.

Ne pouvant faire mieux, le P. Turgeon agréa donc les conditions exposées dans la lettre du *premier ministre* comme bases des négociations possibles avec le gouvernement; et alors au nom du conseil des ministres, M. Mercier, par une lettre datée du 14 mai 1888, invitait le P. Turgeon à faire connaître par écrit la compensation désirée, « espérant que cette demande sera très raisonnable et modérée, vu les difficultés financières de la province et autres. »

Le mot *autres* est ici à souligner. Le correspondant du P. Turgeon était trop bien intentionné et trop loyal pour invoquer des entraves chimériques. Il devait compter avec des *gens* autant qu'avec la politique en général; et ces *gens* n'étaient autres que les intrigants qui assaillirent les pouvoirs publics de leurs protestations, et émurent la Curie romaine de leurs gémissements !

---

le principe a été abandonné par qui de droit (à Rome, en 1884), mais seulement d'une compensation en argent à être fixée à l'amiable;

3° Que la somme fixée comme compensation devra être exclusivement employée dans la province (de Québec);

4° Que vous ferez au gouvernement de la province une cession complète, parfaite et à perpétuité, de tous les biens qui ont pu appartenir, en Canada, à un titre quelconque, aux Pères de l'ancienne Compagnie; et que vous renoncerez à tous droits sur tels biens et leurs revenus en faveur de notre province; le tout, tant au nom de l'ancien Ordre des Jésuites et de votre corporation actuelle, qu'au nom du Pape, de la S. C. de la Propagande et de l'Eglise catholique romaine en général;

5° Que toute convention faite entre vous et le gouvernement de cette province ne vaudra qu'autant qu'elle sera ratifiée par le Pape et la législature de cette province. « Voilà, Très Révérend Père, les bases sur lesquelles le gouvernement désire traiter avec vous cette délicate question des biens dits « biens des Jésuites ».

Signé : Honoré Mercier,
premier ministre.

Et voici, Messieurs, comment le P. Turgeon, déférant au désir du gouvernement, exposa, en l'appuyant, sa demande modérée à coup sûr : le document est daté du 20 mai 1888, et il porte ce qui suit :

« .... Voici, Monsieur le Ministre, ce que je crois devoir répondre en faveur de la cause que j'ai l'honneur de défendre.

» D'après les rapports officiels que vous avez eu l'extrême obligeance de me communiquer, je constate que les biens des Jésuites sont évalués à la somme de $ 1,200,000.00 (un million deux cent mille piastres). Ce n'est qu'une valeur approximative, et je la crois bien inférieure à la valeur réelle. Des hommes compétents que j'ai consultés à Québec, à Montréal et aux Trois-Rivières, n'hésitent pas à affirmer que les biens des Jésuites valent au moins 2,000,000.00 (deux millions de piastres).

» Ils calculent :

1. Les seigneuries et fiefs $500,000.00

2. La propreté au centre de la ville de Montréal (étendue de 330,003 pieds) peut être évaluée à $3 du pied. 990,000.00

N.-B. — Des évaluateurs autorisés prétendent même que le prix réel est de $6 du pied : en sorte que 990,003.00 ne serait que la moitié du prix réel.

3. A Québec, le terrain de l'ancien collège est évalué, dans les rapports officiels, à un prix variant de 50,000.00 à 200.000.00 : disons : 100,000.00

4. Les revenus depuis 1867 ont atteint le chiffre de 400,000.00

5. Le capital des lods et ventes est de . . . 92,572.00

6. Une propriété à Notre-Dame-des-Anges a été vendue 18,200.00

Ce qui donne un total de plus de $2,000,000.00

» Remarquez, Monsieur le Ministre, qu'aucune mention n'est faite des intérêts, même depuis la confédération (en 1867).

» C'est donc en présence de ces documents que je dois faire la demande d'une compensation raisonnable et modérée, avant de mettre le gouvernement dans la pleine jouissance et la légitime possession de tous les biens des Jésuites en Canada. Or, ma proposition raisonnable et modérée, la voici : Je demande au gouvernement de la province de Québec la moitié de la valeur réelle d'une seule des propriétés que nos Pères ont achetées de leurs propres deniers, de notre propriété de Montréal, c'est-à-dire $ 990,009.00 (neuf cent quatre-vingt-dix mille neuf piastres) : et les Pères Jésuites abandonneront au gouvernement toutes les autres propriétés.

» Voici les raisons sur lesquelles j'appuie ma demande :

» 1. Je ne demande que la moitié d'une seule propriété, et j'en cède vingt autres : n'est-ce pas raisonnable et modéré?

» 2. Nos dettes actuelles s'élèvent à $ 200,000.00; pour nos trois maisons d'études et de formation, il ne faut pas moins de $ 30,000.00 de revenus annuels; pour faire les réparations urgentes que demanderaient nos maisons de Québec, Trois-Rivières, Montréal, Sault-au-Récollet et de Nominingue, il n'en faudrait pas moins de 205,000.00;

» 3. Le gouvernement trouvera-t-il ma demande exagérée, quand il considérera que la vente d'une seule propriété peut le rembourser et au-delà? Ainsi, le Champ-de-Mars, à 5 piastres du pied, rapporterait $ 1,024,110.00; et n'obtiendrait-on pas un pareil résultat avec la seigneurie du Cap de la Madeleine, dont l'étendue est de 40 lieues? Voilà pourquoi, Monsieur le Ministre, je considère ma demande raisonnable et modérée.

» Je n'ignore pas, Monsieur le Ministre, que, dans un document présenté à Rome il y a quelques années (1884), on a évalué tous les biens des Jésuites à la somme de $ 400,000 (quatre cent mille piastres); mais l'inexactitude de cette évaluation est démontrée même d'après les rapports officiels (du gouvernement) cités plus haut. Le même document (de 1884) contient d'autres propositions non moins inexactes, pour prouver que la Compagnie de Jésus est incapable par elle-même de recouvrer ses biens à cause de l'opposition qu'elle rencontrerait dans la législature. En protestant contre cette insinuation, je suis heureux d'affirmer que depuis que la Compagnie de Jésus est entrée en négociations avec le gouvernement, elle a été l'objet de la plus grande bienveillance de votre part, Monsieur le Ministre, de la part de vos honorables collègues et des honorables membres des deux Chambres.

» En terminant, Monsieur le Ministre, je me permets une suggestion. Dès que le règlement sera conclu, ne serait-il pas possible, en dehors de la compensation accordée, de donner aux Pères Jésuites un terrain qui fût comme le monument commémoratif de l'acte éminemment catholique et conservateur que vous allez faire? Je propose la « commune » de Laprairie : ce terrain, dans l'état où il existe, est de peu de valeur; mais il peut suffire pour le but commémoratif indiqué.

» Il est aussi une manière de commémorer dans l'histoire politique du pays ce concordat glorieux dont l'acte restera attaché au nom de votre ministère, dès que le Saint-Père l'aura ratifié : c'est que les établissements des Pères Jésuites en cette province soient toujours admis, selon leurs mérites et s'ils le demandent, à partager les largesses que le gouvernement de cette province accordera à d'autres institutions pour encourager l'enseignement, l'éducation, l'industrie, les arts ou la colonisation. La raison de cette faveur, c'est que ces allocations se feront, en grande partie, sur les fonds des « Biens des Jésuites ». Ne serait-il pas étrange, pour ne rien dire de plus, de refuser aux Jésuites une part, accordée à d'autres, dans les encouragements pécuniaires tirés du revenu de ces mêmes biens dont les Jésuites ont enrichi la province?

» Voilà, Monsieur le Ministre, ce que j'ai cru devoir vous dire avant de savoir ce que le gouvernement est prêt à m'offrir comme compensation des biens des Jésuites.

» En attendant l'honneur d'une réponse, je compte sur la justice de ma réclamation et sur la libéralité d'un sage gouvernement. »

LE PROFESSEUR

Ah! et que répondit le premier ministre à cette demande fort bien posée et prévenante à souhait?

LE DIRECTEUR

Il répondit ce qui suit, le 4 juin 1888 :

« Au Père Turgeon, en tant qu'agent agréé du Saint-Siège.

» Très Révérend Père,

» J'ai l'honneur d'accuser réception de votre lettre, datée du 20 mai dernier. Vous m'y faites connaître les conditions auxquelles vous êtes disposé à régler la question dite « Biens des Jésuites » au moyen d'une compensation équivalant à la moitié de la valeur d'une des propriétés achetées par la Compagnie de Jésus, de ses propres deniers. J'ai soumis votre lettre à mes collègues réunis en conseil, et nous sommes arrivés à la conclusion de vous répondre ce qui suit :

» 1° Vu les difficultés qui entourent le règlement de cette question et vu la situation de la province, nous sommes obligés, à regret, de vous dire que nous ne pouvons vous offrir plus de $ 400,000.00.

» 2° Pour arriver à ce chiffre, nous ne prenons pas pour base la valeur intrinsèque des biens, attendu que depuis longtemps les autorités religieuses ont abandonné la demande de restitution en nature, et se sont contentées invariablement de réclamer une indemnité. Le montant de cette indemnité a même été indiqué par les autorités religieuses de ce pays, à Rome, lesquelles autorités se sont déclarées prêtes, dans différentes occasions, à accepter 400,000.00.

» 3° Il nous est en conséquence impossible d'aller au-delà de ce montant. Nous sommes prêts à vous l'offrir aux conditions posées dans ma lettre du 1er mai dernier.

» 4° De plus, comme commémoration de ce règlement, nous vous rétrocéderons les droits que le gouvernement possède sur la *Commune* de Laprairie. Ces droits, minimes, il est vrai, sont toutefois les mêmes que les Pères Jésuites s'étaient réservés par l'acte de concession aux habitants de Laprairie de la Magdeleine, reçu le 19 mai 1694, devant Me Adhémar, notaire royal de l'Ile de Montréal, moins quelques changements faits à ces droits par actes de la Législature.

» Voilà, très Révérend Père, les offres que mes collègues m'ont chargé de vous faire. Espérant que, vu les circonstances exposées ci-haut, vous pourrez les accepter,

» J'ai l'honneur d'être,

» Votre tout dévoué,

(*Signé*) Honoré MERCIER,

« *Premier Ministre* »

A cette lettre de l'honorable H. Mercier, le P. Turgeon répondit simplement dès le 8 juin 1888 :

« Monsieur le Ministre,

» En présence de votre lettre du 4 juin courant, déclarant qu'il est impossible au gouvernement d'offrir plus de $ 400,000.00 ; en présence des raisons que vous donnez, et des difficultés que vous alléguez, je crois remplir le mandat dont je suis chargé et entrer dans les vues du Saint-Siège et des supérieurs de la Compagnie de Jésus qui ont à cœur de voir disparaître le malaise causé par cette question en ce pays, en acceptant vos propositions, si minimes qu'elles soient, et en espérant que le Saint-Siège les aura pour agréables et daignera les ratifier.

» J'ai l'honneur d'être,

» Monsieur le Ministre,

» Votre très humble serviteur,

» A. D. Turgeon, S. J.,

» *Procureur des Jésuites.* »

LE PROFESSEUR

En effet, on ne pouvait bâcler plus lestement un litige encombrant.

LE SOLLICITOR

Cette solution élégante, rapide et facile, démontre jusqu'à l'évidence l'accord préalable des parties.

LE DIRECTEUR

C'est indiscutable. Et, Messieurs, comme il y avait vitesse acquise, on ne lambine plus. Le 8 juin, c'est-à-dire le jour même de l'acceptation du P. Turgeon, agissant en sa qualité de représentant officiel de la Compagnie de Jésus, le premier ministre accusait réception de cette acceptation et il ajoutait textuellement : « Il ne me reste plus qu'à faire préparer les documents nécessaires et à les soumettre à qui de droit. » Il faisait allusion ainsi au *projet* de règlement des « Biens des Jésuites » qu'il avait l'intention de présenter à la Chambre et qu'il déposa en effet sans tarder.

Ces documents, Messieurs, que voici, et qui viennent de la source déjà indiquée, sont un long mémoire où l'honorable premier ministre débute en réclamant l'attention de ses collègues pour examiner avec eux : 1° l'histoire des biens des Jésuites au Canada, leur situation et leur valeur; 2° la nature du règlement dont la sanction est demandée ; 3º les raisons pour lesquelles ce règlement doit être sanctionné : voyez encore :

1º *L'histoire des biens des Jésuites en Canada, leur situation et leur valeur.* — « Les biens en question appartenaient aux Jésuites du Canada et étaient en leur possession, quand le gouvernement s'en empara en 1800 par ordre des autorités impériales sous le règne du roi Georges III...

» La prise de possession est motivée comme suit au nom du roi :

« Vu que tous et chacun des biens et propriétés, meubles et immeubles situés en Canada, qui dernièrement appartenaient au ci-devant Ordre des Jésuites, nous sont dévolus depuis l'année de Notre-Seigneur mil sept cent soixante (1760) et nous appartiennent maintenant par la loi, sous et en vertu de la conquête du Canada, sous ladite année de Notre-Seigneur mil sept cent soixante (1760), et sous et en vertu de la cession d'icelui faite par Sa Majesté très chrétienne, dans le traité définitif de paix conclu entre nous, Sa Majesté chrétienne et Sa Majesté très catholique, à Paris, le dixième jour de février qui était dans l'année de Notre-Seigneur 1763. Et vu que par Notre faveur particulière, il nous a plu gracieusement de laisser les membres survivants du dit Ordre des Jésuites, qui vivaient et régnaient en Canada, dans le temps de la dite conquête et cession d'icelle, occuper certaines parties des dits biens et propriétés, meubles et immeubles, et recevoir et jouir des rentes, revenus et profits de telle partie d'iceux, à et pour leur usage, bénéfice et avantage respectifs, durant le temps de leurs vies naturelles. Et vu que tous et chacun des membres survivants du dit ci-devant Ordre des Jésuites sont décédés ; et vu que le décès des dits feux membres survivants du dit ci-devant Ordre des Jésuites, d'après certaines considérations spéciales sur le sujet, il nous a plu par notre autre faveur de permettre au révérend Jean-Joseph Cazot, prêtre, d'occuper diverses parties des dits biens et propriétés, qui étaient ainsi comme susdit occupés par les dits membres survivants du dit ci-devant Ordre des Jésuites et de recevoir et jouir des rentes, revenus et profits d'iceux, à et pour son usage, bénéfice et avantage, durant notre plaisir royal, ce que pour diverses causes et considérations, nous avons jugé à propos de déterminer comme nous le déterminons par les présentes ; et vu qu'en considération des prémisses, nous avons résolu de prendre en notre possession réelle et actuelle les parties des dits biens et propriétés du dit feu Ordre des Jésuites, lesquels sous et en vertu de notre dite permission royale ont été dernièrement occupés par les dits derniers membres survivants du dit ci-devant Ordre des Jésuites et par le dit Jean-Joseph Cazot. A ces causes, etc. » *(Voir la traduction dans l'appendice des journaux de l'Assemblée législative du Bas-Canada, 1823-24.)*

Les Jésuites du Canada avaient été constitués par lettres patentes de Louis XIV, 12 mai 1678... Lors de la capitulation de Québec, 18 sept. 1759; et de celle de Montréal, 8 sept. 1760, les Jésuites possédaient des biens considérables... (Suit ici un rapport détaillé de ces biens, de leur situation et de leur valeur.)

L'hon. Mercier continue :

Ces biens provenaient de trois sources différentes : donation des rois de France, donations de particuliers, achats faits par les Jésuites...

Or, l'article II de l'acte de capitulation de Québec dit : « *Que les habitants soient conservés dans la possession de leurs maisons, biens, effets et privilèges.* » (Accordé, en mettant bas les armes.)

L'art. XXXIV : « *Toutes les communautés et les prêtres conserveront leurs meubles, la propriété et l'usufruit des seigneuries et autres biens que les uns et les autres possèdent dans la colonie, de quelque nature qu'ils soient ; et les dits biens seront conservés dans leurs privilèges, droits, honneurs et exemptions* » (Accordé).

L'art. XXXV : « Si les chanoines, prêtres, missionnaires, les prêtres du Séminaire des Missions étrangères et de Saint-Sulpice, ainsi que les Jésuites et les Récollets veulent passer en France, le passage leur sera accordé sur les vaisseaux de Sa Majesté Britannique, et tous auront la liberté de vendre en total ou en partie les biens, fonds et mobiliers qu'ils possèdent dans la colonie... Ils seront les maîtres de disposer de leurs biens... » (Cet article ne paraît pas avoir été refusé, mais il n'est pas marqué *accordé*.)

Art. XXXVII : « Les seigneurs des terres... et toutes autres personnes que ce puisse être... conserveront l'entière paisible propriété et possession de leurs biens seigneuriaux et roturiers, meubles et immeubles... » *(Accordé)*.

Le traité de Paris, signé le 10 février 1763, contient la clause suivante :

« Sa Majesté Britannique consent de plus que les habitants français ou autres, qui avaient été sujets du Roi très chrétien en Canada, puissent se retirer en toute sûreté et liberté où ils jugeront à propos...; le terme limité pour cette émigration sera fixé à l'espace de dix-huit mois... »

Durant l'administration du général Murray, de 1763 à 1766, Monsieur Briand, alors vicaire général et plus tard évêque de Québec, écrivait au général :

« La quatrième raison sur laquelle je m'appuie pour demander la conservation des biens des Jésuites est qu'ils les ont en possession et que, selon la capitulation, tous les corps, aussi bien que les particuliers, devraient être conservés dans la paisible jouissance de leur état, biens et possessions... Que Sa Majesté, conséquemment, les conserve dans l'état dont ils jouissaient, lorsqu'elle s'est, par la force de ses armes, soumis le Canada... »

Plus tard, — on ne peut préciser la date exacte, — le gouvernement (britannique) défendit aux ordres religieux de recruter des novices ; et, le 15 novembre 1772, Mgr Briand écrivit au Cardinal Castelil, préfet de la Propagande : « Je l'ai demandée (la permission pour les Jésuites de recevoir des sujets) au roi de la Grande Bretagne, par une adresse signée du clergé et du peuple ; je crains fort de ne pas l'obtenir. Voilà deux ans écoulés, et je n'ai point de réponse.. »

Cette défense de recruter des novices est renouvelée dans les instructions royales de 1791.

Le 21 juillet 1773, la Compagnie de Jésus fut supprimée par le bref *Dominus ac Redemptor* de Clément XIV. — Mais les Jésuites restèrent en possession de leurs biens en Canada jusqu'à la mort du Père Cazot en 1800, à l'exception d'une partie de leur collège à Québec, dont les troupes anglaises s'emparèrent en 1776.

Cependant, dès 1770, lord Amherst avait demandé leurs biens ; et cette demande fut renouvelée à diverses reprises tant par lord Amherst que par ses héritiers. Bien qu'un ordre du roi fût émis le 9 novembre 1770 à l'effet de donner à lord Amherst tout ce qui pouvait être légalement livré de ces biens, cette livraison n'eut jamais lieu. Au contraire, une commission composée de neuf personnes fut créée le 7 janvier 1788, avec instructions de s'enquérir, entre autre choses, de quelles parties ou portions d'iceux revenaient au roi et pouvaient être par lui légalement données et accordées.

L'on voit que cette question délicate souleva de très sérieuses objections ; car, le 21 oct. 1788, le comité du conseil législatif déclara : « Qu'il était nécessaire que la Législature provinciale passât une loi ou ordonnance pour effectuer les très gracieuses intentions de Sa Majesté envers le lord Amherst et la bienveillance de Sa Majesté envers le public ; en déclarant son agrément et son plaisir royal au sujet de la suppression et de la dissolution de l'Ordre des

Jésuites et la réunion de leurs droits, propriétés et possessions à la couronne pour les objets que Sa Majesté jugera à propos d'ordonner ». (*Rapport sur l'éducation 1824*, p. 102).

Les instructions royales du 16 sept. 1791 (*Chisolm's Papers*, p. 151) disent :

, « C'est notre volonté et plaisir que la Société de Jésus soit supprimée et dissoute et ne soit plus à l'avenir un corps politique et public, et que toutes leurs propriétés et possessions nous retournent à nous pour les fins que nous jugerons convenables... »

Comme nous l'avons déjà dit, la prise de possession de ces biens par les autorités impériales a eu lieu en 1800, à la mort du Père Cazot.

A partir de ce moment, de nombreuses protestations eurent lieu, tant de la part des autorités religieuses, que de celle des citoyens de cette province. Ces protestations sont suffisamment indiquées dans le texte des Résolutions; et il n'y a pas lieu de les citer ici. Cependant, je désire attirer l'attention de mes collègues sur les documents, inédits, je crois, qui ont été écrits à la suite de la demande du R. P. Charaux, Supérieur des Jésuites en Canada, en janvier 1874.

Ces documents, les voici :

(A) *Extrait du document d'un homme d'État du Bas-Canada à Son Éminence le Cardinal Antonelli* (juillet 1874). — Je crois devoir taire le nom de cet homme d'Etat dans le moment [1].

« La loi de 1856 fut considérée dans le temps comme un concordat entre l'Eglise et l'Etat. Il n'y eut alors aucune réclamation ni de la part des Evêques, ni de la part des Jésuites eux-mêmes contre la loi.

» Les biens des Jésuites, en vertu de la loi ou concordat passé en 1856, sont devenus la propriété commune des catholiques et des protestants pour les fins de l'éducation supérieure. Le gouvernement provincial ne pourrait donc les rendre aux Jésuites sans changer un ordre de choses existant en vertu de la loi.

» Les Jésuites n'auront rien; et on aura soulevé en vain, et au grand préjudice de la religion le fanatisme et les préjugés dans une question où les passions s'excitent si facilement. D'ailleurs, pourquoi remettre aux Jésuites les biens en question? Quels sont leurs titres? La bulle de Clément XIV les a supprimés, et cette bulle leur a été signifiée régulièrement à Québec. Dans ce cas, ces

---

1. (L'homme d'Etat dont le nom n'est pas donné ici, n'est autre que l'hon. Gédéon Ouimet, alors premier ministre du Gouvernement de Québec, qui écrivit au Cardinal Antonelli, secrétaire d'Etat de Pie IX.)

biens des Jésuites, s'ils sont ecclésiastiques, devraient être adminis-
trés par l'Ordinaire du diocèse. Or, il n'y avait à cette époque que
le seul diocèse de Québec, dans tout le Canada. Donc ce n'est
qu'avec l'Archevêque de Québec, son successeur, et avec lui seul
que le gouvernement de Québec pourrait traiter de cette question,
s'il y avait lieu.

» Quoi qu'il puisse arriver concernant cette question, je dois
déclarer à Votre Eminence que c'est l'intention bien arrêtée du gouvernement de ne pas traiter cette question avec les RR. PP. Jésuites, mais uniquement avec l'Archevêque de Québec, dont la prudence et la sagesse inspirent au gouvernement la plus entière confiance.

» Mais je prie Votre Eminence d'intervenir auprès du Saint-
Siège, afin de solliciter son action immédiate pour arrêter définitivement un mouvement dont les résultats mettront en danger la
tranquillité politique et sociale, briseront l'harmonie qui existe
heureusement aujourd'hui, entraveront la marche du gouvernement
et préjudicieront gravement aux intérêts de la religion [1] »

Remarques du R. P. Braun sur le MEMORANDUM *ou document
de l'homme d'État.* — « I. *Concordat canadien.* — « Ceux qui
considérèrent alors et qui ont considéré, depuis, cette loi comme un
concordat entre l'Eglise et l'Etat, font preuve d'une complète igno-
rance des notions les plus élémentaires sur la nature d'un concordat
et sur les droits les plus inaliénables de l'Eglise. »

» Pour qu'il y ait concordat, il faut que les parties intéressées
concordent. Donc là où une des parties intéressées n'est ni appelée,
ni entendue ; là où tout se conclut sans elle, sans son consentement
requis, obtenu et authentiquement exprimé, il n'y a pas, il ne
peut y avoir de concordat. C'est précisément ce qui a eu lieu en
1856. La sainte Eglise catholique n'a été ni interpellée ni entendue.

» La majorité catholique libérale du Bas-Canada a disposé des
droits, des biens de sa mère, la sainte Eglise Catholique Romaine ;
elle a disposé, en faveur des protestants comme des catholiques,
des incroyants, juifs, athées, comme des fidèles, des biens de l'E-
glise, biens donnés par reconnaissance aux Jésuites ou achetés par
eux pour s'en servir selon leurs constitutions.

---

1. Le R. P. Braun ayant été mandé à Rome, le cardinal Barnabo,
Préfet de la Propagande, lui mit sous les yeux le *memorandum* que l'hon.
Gédéon Ouimet avait adressé au cardinal Antonelli, et le pria d'y répondre
par écrit.

» Les Evêques du Canada ont-ils été interpellés? Non. Ont-ils consenti? Non. Les lois du Canada qui concernent les rapports de l'Eglise et de l'Etat et la disposition des biens des Jésuites ont été faites sans le concours de l'Eglise. Mgr Baillargeon, archevêque de Québec, le déclare expressément dans une lettre circulaire à son clergé du 31 mai 1870. Le privilège d'émettre leur avis dans la rédaction de ces lois n'a été ni offert ni accordé aux Evêques. Ces lois furent imposées par les législateurs canadiens. Les Evêques ne dirent rien. Voilà le Concordat Canadien selon l'honorable premier ministre du gouvernement de Québec.

» Le consentement des Evêques, en tout cas, n'eût pas suffi. Quand il s'agit de disposer des biens ecclésiastiques, de les aliéner, de les détourner de leur destination première; quand on prétend surtout régler tout cela par un concordat, seul le Saint-Siège apostolique peut et doit intervenir, examiner, discuter les conditions et les consentir par soi-même ou par son délégué.

» Non, cette loi ne peut être considérée comme un concordat. Et cependant pour apaiser les consciences, pour sauvegarder les droits de l'Eglise, les principes les plus sacrés de la justice, les bases de la société civile aussi bien qu'ecclésiastique, un concordat, une convention consentie par le Saint-Siège ou son délégué, est absolument indispensable, et c'est ce que nous réclamons.

» II. *Autres inexactitudes* que je prends occasion de relever dans le *Memorandum* :

» 1. Clément XIV déclara la suppression de la Compagnie de Jésus non pas par une *bulle*, mais par le bref *Dominus ac Redemptor.*

» 2. La Compagnie ne fut pas supprimée au Canada; et les Evêques de Québec ne se sont pas regardés comme les maîtres de ces biens. Sans entrer dans une étude canonique, bien intéressante, il est vrai, mais trop longue pour le but que j'ai en vue ici, il suffit pour tout homme, même peu versé dans le droit civil et ne sachant aucunement le droit canonique, de considérer l'extrait suivant. Il est tiré du *Mémoire* du diocèse de Québec fait par Mgr Hubert au Saint-Siège, en nov. 1794. Une copie de ce mémoire existe aux archives du Séminaire de Québec; et une autre, faite par M. l'abbé J.-B.-A. Ferland, le 24 avril 1855, aux archives du collège Sainte-Marie, Montréal.

» Mgr Hubert écrit pour Rome, et il n'aurait eu aucune raison politique à cacher la vérité, s'il s'était regardé, lui et ses prédécesseurs, comme les possesseurs de ces biens, tout au contraire. Or voici ce qu'il dit :

» Lors de l'extinction de leur Ordre en 1773, l'évêque d'alors, pour *leur* conserver *leurs biens (la fin qu'il avait en vue)* dont ils faisaient un usage édifiant, obtint du Saint-Siège et du gouvernement (*voici les moyens pour y arriver*) qu'ils retinssent leur ancien habit, et se constitua leur Supérieur (*comme l'Évêque l'est souvent de communautés religieuses* sans cependant POSSÉDER LEURS BIENS). Le peuple ne s'aperçut point du changement de leur manière d'être et continua de les appeler Jésuites. Il en restait encore douze.

» Tous sont morts les uns après les autres en travaillant au salut des âmes. Il n'en reste plus qu'un : et ce qui caractérise bien l'humanité et la libéralité du gouvernement anglais, c'est que cet ex-Jésuite (EX-JÉSUITE, *c'est vrai dans un sens, puisqu'ils étaient supprimés à Rome, mais pas partout ailleurs, v. g. en Russie, aux Etats-Unis, etc.*) jouit paisiblement et tranquillement de tous les biens qui appartenaient à son Ordre en ce pays, et en fait des *aumônes immenses* : c'est-à-dire, déjà depuis plus de 21 ans. Le bref de suppression était daté du 21 juillet 1773. Or, trois choses surtout indiquent le pouvoir d'administrer des biens en possesseurs : le fait de posséder, le fait d'acquérir, et, la plus importante, le fait d'aliéner. Si, par conséquent, il y a de l'obscurité dans quelques autres documents émanés des Evêques de Québec et que nulle part il ne soit dit positivement que le bref fut promulgué, cette obscurité disparaît devant les termes si clairs et si formels de ce *Mémoire.*

(B) En 1876, le gouvernement de cette province, sous l'administration de Boucherville, commença la démolition de l'ancien collège des Jésuites à Québec; et le même gouvernement fit diviser le terrain en lots de ville, en vue d'une vente prochaine. Ce plan de division, qui est déposé dans les archives provinciales, porte la date du 30 nov. 1877.

Le 9 oct. 1878, sous l'administration Joly, les Evêques de la province protestèrent dans les termes suivants :

« Déjà, à plusieurs reprises, l'épiscopat, le clergé et les catho-
» liques de cette province ont protesté contre l'usurpation des biens
» appartenant, en cette province, a l'Ordre des Jésuites, au mo-
» ment de sa suppression dans le siècle dernier. En même temps,
» ils en ont revendiqué la possession et la propriété comme biens
» destinés à des fins qui sont du ressort exclusif de l'Eglise catho-
» lique, selon la volonté expresse et sacrée des nombreux bienfai-
» teurs, tous catholiques, de l'Institut tel qu'établi en Canada. Ayant
» appris que le terrain sur lequel était construit le collège des
» Jésuites à Québec, allait bientôt être mis en vente par le gouverne-

» ment de cette province, nous, Archevêque et Evêques de la pro-
» vince de Québec, croyons qu'il est de notre devoir de renouveler et
» nous renouvelons, par les présentes, les susdites protestations
» et revendications des dits biens et en particulier du terrain
» en question ».

Le 17 oct. 1878, le secrétaire de la province répondit :

« Le gouvernement de la province de Québec a, en effet, l'inten-
» tion de mettre en vente le terrain sur lequel se trouvait le collège
» des Jésuites, et voici ce qui l'a amené à cette détermination :

» Lorsque les membres actuels du gouvernement sont entrés en
» office, ils ont trouvé la démolition de ce collège non seulement
» commencée, mais presque entièrement terminée ».

Cette protestation des évêques fut transmise le 17 oct. 1878 aux autorités fédérales, qui ne paraissent pas s'en être occupées ; car elles se sont contentées d'accuser réception du message le 24 oct. 1878.

(C) En vertu d'un indult en date du 13 oct. 1884, Sa Grâce l'Archevêque de Québec fut personnellement autorisée à traiter avec le gouvernement de cette province et à terminer, moyennant juste compensation, la question de la propriété de ces biens.

Des pourparlers eurent lieu et des correspondances furent échangées entre l'Archevêque et l'hon. M. Ross, alors premier Ministre, mais sans aucun succès ; et, le 27 avril 1885, l'Archevêque s'en plaignit dans les termes suivants à M. Ross.

« De mon côté, je regrette d'avoir à me plaindre de ce qu'après
» trois mois et demi d'attente et malgré la précaution que j'avais
» eue de faire ma demande longtemps avant l'ouverture de la session
» et malgré les entrevues que j'ai eues aussi avec vous sur le sujet,
» je suis informé aujourd'hui que cette demande, quoique d'une im-
» portance majeure, ne peut obtenir une considération immédiate...
» Je donnerai volontiers mon concours à toute mesure qui pourra
» régler cette question d'une manière satisfaisante et définitive. Et
» d'un autre côté, j'aime à croire que le gouvernement catholique
» d'une province catholique se fera un devoir de la terminer aus-
» sitôt que possible. »

(D) Tandis que ces négociations avaient lieu ici, M. l'abbé Brichet, du séminaire français, à Rome, se disant représenter les intérêts de Sa Grandeur Mgr l'Arch. de Québec, soumettait au Général des Jé-suites les propositions suivantes :

« 1. Le gouvernement du Canada retient les biens qui apparte-
» naient autrefois à l'ancienne Compagnie.

» 2. On peut les évaluer à 2.000.000 (deux millions) de francs.

» 3. Il est impossible à la Compagnie de les recouvrer.

» 4. La partie protestante des députés est trop opposée aux Jésui-
» tes pour consentir à cette restitution.

» 5. Ce point est évident pour tous ceux qui connaissent les per-
» sonnes et les choses.

» 6. Directement par elle-même, la Compagnie n'a aucune chance
» de rentrer en possession de ces biens.

» 7. Mgr l'Archevêque de Québec espère les obtenir facilement
» pour son université.

» 8. Cette proposition est encore presque évidente.

» 9. Les biens sortiraient ainsi des mains d'un gouvernement
» qui peut devenir, à bref délai, semblable aux gouvernements
» d'Europe, et alors tout est perdu sans espoir.

» 10. Cependant, Mgr l'Arch. comprend qu'il est convenable que
» la Compagnie ait une bonne part à cette acquisition.

» 11. Il s'engagerait tout à fait secrètement à payer à la Compa-
» gnie la somme de 500.000 fr. »

(E) Voici une autre lettre à peu près dans le même sens, envoyée
au Général des Jésuites en 1884 :

« TRÈS RÉVÉREND PÈRE,

» Le soussigné, secrétaire de la S. C. de la Propagande, se fait
» un devoir de communiquer à V. Paternité Révérendissime la
» décision définitive que le Saint-Père a prise au sujet des démar-
» ches pour les biens que votre digne Compagnie possédait autre-
» fois au Canada, et que le gouvernement veut maintenant rendre
» à l'Eglise. Sa Sainteté a ordonné au secrétaire soussigné de signi-
» fier à l'Archevêque de Québec que, pour éviter toute difficulté, il
» traiterait personnellement avec le gouvernement et stipulerait
» les actes en son nom de manière cependant que, dans l'instru-
» ment public, aucune condition ou clause ne devrait s'y trouver
» qui léserait la liberté du Saint-Siège dans la disposition de ces
» biens comme il voudra; car le Saint-Père juge équitable qu'une
» part de ces mêmes biens, selon qu'il sera déterminé après, soit
» rendue à la Compagnie de Jésus.

» Profitant de l'occasion, il a l'honneur de se déclarer avec le plus
» grand respect,
   » De Votre Paternité Révérendissime,
    » Le très humble et dévoué serviteur,
     (*Signé*) » D., ARCHEVÊQUE DE TYR. »

Voilà tous les documents de quelque importance que j'ai pu me procurer sur cette question, à part les lettres que j'ai échangées avec Leurs Éminences les Cardinaux Simeoni et Taschereau et le R. P. Turgeon, lesquelles lettres sont données textuellement dans les *Résolutions*.

2° *La nature du règlement dont la sanction est demandée.* — Maintenant j'arrive à la seconde partie de mes observations : la nature du règlement. — Ce règlement peut se résumer dans les sept propositions suivantes :

1. La province paiera la somme de $ 400.000.00 aux personnes indiquées par le Pape, dans les six mois de la signification, au secrétaire de la province, de sa décision faisant connaître cette distribution.

2. Cette somme ne portera pas d'intérêt avant la signification, au secrétaire de la province, de l'acte du Pape sanctionnant l'arrangement; et, après cette signification et jusqu'au paiement du capital, l'intérêt sera de 4 p. c.

3. Si l'arrangement n'est pas sanctionné par le Pape, aucun paiement d'intérêt ou de capital ne sera fait.

4. Cession complète, parfaite et à perpétuité doit être faite à la province, avant aucun paiement même d'intérêt, de tous les biens qui ont pu appartenir au Canada, à quelque titre que ce soit, aux Pères de l'ancienne Compagnie.

5. Renonciation à tous droits généralement quelconques sur ces biens et leurs revenus, tant au nom de l'ancien Ordre des Jésuites, de la Société de Jésus incorporée l'an dernier (par ce gouvernement), du Pape, de la Propagande et de l'Eglise catholique en général.

6. Rétrocession à la Compagnie de Jésus susdite des droits du gouvernement sur la *commune* de Laprairie.

7. Paiement aux universités et maisons d'éducation protestantes et dissidentes, d'une somme de $ 60.000, suivant la distribution qu'en fera le comité protestant du conseil de l'instruction publique.

Voilà les sept propositions qui ressortent des conventions : un mot sur deux ou trois des principales...

3° *Raisons pour lesquelles nous devons sanctionner cet arrangement.* — *a*) D'abord, je crois que c'est un arrangement juste et équitable...

Nous avons cru que nous ne pouvions pas donner plus que le montant mentionné en 1884. Lorsque Son Eminence le Cardinal Taschereau était chargé de régler la question, il paraissait disposé à accepter $ 400.000.00. Il ne me semble pas juste à ceux qui représentent le Saint-Siège aujourd'hui de demander plus que ne demandait à cette époque le représentant du Saint-Siège.

b) Ensuite, le principe sur lequel nous procédons est un principe juste. Personne ne peut nier, M. le Président, qu'il est temps de régler cette question et que nous devons accorder une compensation à ceux qui représentent les anciens propriétaires. J'ai donné tout à l'heure l'exposé des faits : et malgré tout le respect que j'ai pour les autorités constituées de mon pays, malgré tout le respect que j'ai pour les décisions du roi d'Angleterre, je suis forcé de dire ici comme homme de loi que cet acte de confiscation des biens des Jésuites a été un acte de spoliation.

On a basé la prise de possession sur le droit de conquête. Par cette déclaration, on violait les engagements pris par les capitulations et le traité de Paris. Si le principe posé dans ce bref de possession est un principe juste en droit naturel, en droit international, il n'est pas seulement juste pour les corporations religieuses, il serait encore juste pour les particuliers. Or, M. le Président, quel n'aurait pas été le cri de rage — et bien légitime — de la part de n'importe quel habitant de ce pays dont les propriétés auraient été confisquées après la conquête !... Si cela ne se fait pas quand il n'y a pas de conventions, cela se fait encore moins quand il y a des conventions.

Ce que l'on ne pouvait pas faire contre de simples particuliers, contre des hommes qui pouvaient en définitive se défendre, prendre les armes, parler en public, se protéger dans des assemblées publiques, faire un mouvement politique ; ce qu'on ne pouvait pas faire contre ces hommes dans ces conditions, on aurait pu le faire contre des religieux sans défense ! contre des hommes qui avaient consacré toute leur vie à la cause de la civilisation ; contre des hommes dont les prédécesseurs avaient parcouru le pays d'un bout à l'autre et l'avaient arrosé de leurs sueurs et de leur sang avec un dévouement si héroïque ! Ce qu'on aurait eu le droit de faire contre les Jésuites, on aurait eu le droit de le faire contre tous les habitants de ce pays. Or, ce n'est ni le droit, ni la justice. Et quand on a déclaré, dans ce bref de possession en 1800, qu'on prenait ces biens par droit de conquête, on a invoqué un droit qui n'existait pas. On a violé les capitulations, on a violé le traité de Paris et on a violé le droit des gens.

A cette époque comme aujourd'hui, le vieux droit barbare de conquête était disparu. C'est-à-dire qu'alors, comme aujourd'hui, la conquête d'un pays ne conférait que le droit de domaine supérieur, non celui de propriété. Avant le Christ, la conquête d'un pays équivalait à la conquête du sol et des hommes : les hommes devenaient esclaves; les terres devenaient la propriété du vainqueur. Les troupes romaines se divisaient les dépouilles, s'emparaient des biens des vaincus et réduisaient à l'esclavage hommes, femmes et enfants. C'était l'ancien droit. C'était le droit païen. Mais le christianisme, Dieu merci, pour l'honneur de l'humanité et de la civilisation, a effacé ce droit barbare, ce droit païen. Et aujourd'hui la conquête d'un peuple ne donne que la souveraineté ou le droit de *gouverner* et de prendre les *revenus et les propriétés publics.* La propriété privée est respectée; la liberté du sujet n'est pas violentée... Ai-je besoin d'insister sur ce point?... Il y a un grand nombre d'autorités établissant que, d'après le droit des gens, d'après Vatelle, Grotius et tous les auteurs anciens et modernes, la conquête n'affecte pas le droit utile sur les biens des particuliers... Il est bien évident que, d'après les capitulations, les traités, il ne peut pas y avoir eu confiscation (des biens des Jésuites) par le prétendu droit de conquête.

c) Maintenant, nous devons ratifier cet arrangement pour une autre raison. C'est qu'il pourvoit à une indemnité raisonnable en faveur des protestants... Nous allons prendre dans la caisse commune, pour payer ces $ 400.000.00. Or, les protestants contribuent *à la caisse commune comme les catholiques. Ils sont un septième (de la population) :* nous leur donnons un peu plus du septième de $ 400.000.00.

d) Enfin, Messieurs, il faut ratifier cet arrangement, parce qu'il faut *mettre fin au malaise* qui existe depuis très longtemps, dans ce pays, à ce sujet.

Je crois que nous devons nous féliciter d'être arrivés aussi facilement à la conclusion soumise. Cette question était pendante depuis au delà d'un siècle. Cette question avait créé un grand malaise, avait irrité les esprits; et le défaut de solution nous mettait dans une position difficile et délicate, car à chaque instant les autorités religieuses réclamaient ; elles nous disaient avec énergie, je ne dis pas avec injustice, mais avec énergie, avec vigueur, que nous étions détenteurs de biens ecclésiastiques; que nous étions des spoliateurs; et que nous devions restituer, parce que tous les membres du gouvernement et de la législature se trouvaient sous l'empire de certaines peines ecclésiastiques...

Mais, Dieu merci, grâce à une persistance continue de notre part et grâce aussi à une bienveillance toute particulière de la part de celui qui a été chargé de représenter le Saint-Siège dans cette question, nous avons pu arriver à un règlement. J'ai rencontré de la part du R. P. Turgeon une bienveillance toute particulière, un désintéressement remarquable; nous sentions que nous avions affaire à un religieux qui ne désire pas réclamer pour lui ni pour la famille, ni même pour son Ordre, mais qui réclamait pour la grande famille catholique. C'était le religieux parlant au nom de l'Eglise, le représentant du Pape disant : « Nous allons traiter les enfants de l'Eglise du Canada, de la province de Québec, avec bienveillance. Nous ne voulons pas des sommes trop considérables. Ce que nous désirons, c'est une part légitime pour l'Eglise, puis, comme conséquence, la paix et la concorde, la paix entre le gouvernement civil et les autorités religieuses, la concorde entre tous les citoyens ».

Et je dois dire ici que c'est là le souvenir agréable que m'a laissé à moi et à mes collègues dans le gouvernement le règlement que nous avons fait avec le R. P. Turgeon, délégué du Saint-Siège dans cette question.

Il appartenait, ce me semble, aux Jésuites, de régler cette question. Les Jésuites ont fait beaucoup pour ce pays; ils ajoutent un nouveau titre à la reconnaissance publique. Ils ont contribué à civiliser le pays; ils contribuent maintenant à nous rendre la paix religieuse : et ce sera un des plus grands bienfaits que nous puissions recevoir de cet arrangement.

L'honorable Mercier — après quelques mots sur la raison qu'a le gouvernement de céder aux Pères Jésuites son droit, « droit purement honorifique et peu important », sur la *Commune* de Laprairie — termina ainsi son discours du 28 juin 1888 (séance du soir) :

Je remercie bien les membres de cette Chambre de m'avoir écouté avec tant de bienveillance.

L'exposé a été un peu long, mais je crois que le sujet exigeait les explications que j'ai eu l'honneur de donner.

J'espère que cette mesure ne rencontrera pas d'opposition. C'est une mesure juste et équitable. Ce n'est pas une mesure de parti. C'est un grand acte de réparation qui sera l'honneur de la province de Québec.

Nous ne réclamons pas cet honneur pour nous; nous sommes prêts à en laisser tout l'avantage à la législature, à cette Chambre. Tous ceux qui auront contribué à faire adopter cette mesure partageront avec nous la gloire d'avoir réglé une des questions les plus difficiles.

LE SOLLICITOR

Oui, ce sera la durable gloire de cette législature : La Chambre vota le *Bill sur cette indemnité* à l'unanimité.

LE DIRECTEUR

En effet. Et vous le voyez, Messieurs : sans être sorcier pour si peu, on arrive à se procurer des documents autour desquels les remords de plusieurs ont seuls intérêt à faire régner le silence.

Le *Bill* basé sur les *résolutions* recommandées par le lieutenant-gouverneur pour le règlement des « biens des Jésuites », fut donc introduit le 28 juin 1888, voté à l'unanimité et sanctionné le 12 juillet de la même année par le lieutenant-gouverneur Angers, finalement approuvé par le Gouverneur général le 19 janvier 1889.

LE PROFESSEUR

Et le Saint-Siège : quelle fut son attitude ?

LE DIRECTEUR

Elle fut équivalente à celle du P. Turgeon lui-même qui, du reste, était en relations suivies avec Rome. Ce fut le cardinal Simeoni qui fut chargé de dire au P. Turgeon la satisfaction du Saint-Père ; il le fit par une lettre datée de Rome, 26 juillet 1888, partie du Secrétariat de la S. C. de la Propagande : la voici :

« Mon Très Révérend Père,

» Notre Saint-Père le Pape Léon XIII, dans son audience du 22 juillet courant, a daigné approuver la convention faite avec le gouvernement de cette province (de Québec) relativement aux biens de la Compagnie de Jésus.....

» Sa Sainteté, en outre, a bien voulu décorer, du titre de Grand'Croix de l'Ordre de saint Grégoire-le-Grand, Honoré Mercier, dont les soins diligents ont mené à bonne fin la susdite convention.

» En communiquant la présente à Votre Paternité, je prie Dieu de vous avoir en sa sainte garde.

» Votre tout dévoué

(Signé) » Jean Card. Simeoni, Préfet.

» D., Archev. de Tyr, Secrét. »

LE PROFESSEUR

C'était bien la fin d'un litige exaspérant qui ne laissait pas d'avoir des à-côtés mystérieux et tristes qu'il importe d'éclaircir.

LE SOLLICITOR

Il suffit que la question, désormais vidée, a si longtemps tourmenté nos pères : nous désirons la paix enfin.

LE DIRECTEUR

Ecrire impartialement l'Histoire n'est pas rouvrir les débats ni troubler la paix de personne! C'est instruire la postérité et prévenir de semblables abus. C'est encore rendre justice à la mémoire des hommes disparus.

Or donc, dûment informé de ce qui s'était passé, le Cardinal Simeoni, préfet de la Propagande, adressa, le 6 avril 1889, à l'honorable Mercier, copie du décret Cum per apostolicas du 15 janvier 1889 [1], ratifiant la convention faite et prescrivant

---

1. (Traduction du décret Cum per Apostolicas du 15 janv. 1889.)

« Le Pape Clément XIV, après avoir, par sa lettre apostolique Dominus ac Redemptor du 21 juillet 1773, supprimé la Société de Jésus et transporté aux Ordinaires locaux la juridiction spirituelle et temporelle de ses Supérieurs; après avoir confié à une Congrégation spéciale de Cardinaux l'exécution de cette lettre; décida, par une lettre encyclique, en date du 18 août de la même année, que chaque évêque prenla distribution à faire des $ 400,000 piastres offertes en compensation.

Par ce décret du 15 janvier 1889, Léon XIII a donc ordonné de distribuer comme suit les $ 400,000 avec le domaine de La Prairie, reçues du gouvernement Mercier comme compensation pour tous les biens des Jésuites d'autrefois :

Aux Jésuites, la *commune* de Laprairie et. . . .	$160,000
A Laval de Québec.	$100,000
A la succursale de Montréal	$ 40,000
A l'archidiocèse de Québec	$ 10,000
A l'arch. de Montréal	$ 10,000
A la Préfecture du Golfe St-L.	$ 20,000
A Chicoutimi.	$ 10,000
A Rimouski	$ 10,000
A Nicolet	$ 10,000
A Trois-Rivières.	$ 10,000
A St-Hyacinthe	$ 10,000
A Sherbrooke	$ 10,000

Total $400,000 .

drait et retiendrait, au nom du Saint-Siège et en vue d'un usage que lui-même désignerait, la possession de toutes les maisons et collèges (de la société de Jésus) non moins que de tous les droits et titres quelconques relatifs à ces lieux et à ces biens.

Toutefois, dans le Bas-Canada, par le fait du gouvernement civil, ces décrets ne furent pas exécutés à la lettre; et l'évêque de Québec, pour lors Mgr Briand, laissa, leur vie durant, aux Pères de la Société, l'administration des biens de cette Société sis en son diocèse.

» A la mort du dernier d'entre eux en 1800, le gouvernement civil s'empara de tous les biens de la Société en Canada et en attribua les revenus à l'instruction publique, cet état de chose persistant dans le pays, même après le rétablissement de la Société de Jésus par Pie VII, jusqu'à l'an dernier, 1888. A cette époque, le gouvernement de Québec offrit une compensation pour les biens que la Société possédait autrefois dans cette province, proposant la somme de deux millions de francs (fr. 2,000,000) et un domaine appelé *La Prairie*, situé près de Montréal. Le soussigné, Mgr Dominique Jacobini, archevêque de Tyr, secrétaire de la Propagande, dans l'audience du 22 juillet de la même année ayant fait rapport sur ces faits à N. S.-P. le Pape Léon XIII, Sa Sainteté permit qu'on acceptât la compensation offerte. Mais, la propriété de ce patrimoine ayant été, comme il a été dit plus haut, dévolue au Saint-Siège, Sa Sainteté décida que la distribution de la somme à recevoir en compensation fût réservée au Siège Apostolique.

» Enfin, N. S.-Père le Pape, dans une audience accordée le 5 du mois

On voudra bien remarquer la large part faite à l'Université de Laval : 140.000 piastres ! Cette satisfaction obtenue, Dieu sait avec quels moyens et après quels efforts, explique force tiraillements et des lenteurs. Permettez que je n'insiste pas. D'autres participations à l'aubaine mériteraient aussi des observations ; ma réserve, je l'espère, ne sera pas interprétée d'une façon flatteuse par toutes les parties prenantes !

Le R. P. Turgeon, en annonçant enfin qu'il avait remis la part de l'indemnité assignée à chacun par le Pape, informa le premier ministre de l'expiration de son double mandat, écrivant :

Collège Sainte-Marie, 15 déc. 1889.

L'honorable Honoré Mercier,

Premier Ministre, Province de Québec.

Monsieur le Ministre,

Le cinq novembre dernier, se terminait heureusement la

---

de janvier courant 1889 au soussigné, l'éminentissime et Révérendissime Cardinal Jean Simeoni, Préfet de la S. C. de la Propagande, après mûr examen considérant surtout les fins pour lesquelles ces biens, tel qu'exposé, avaient été concédés par les donateurs, savoir l'instruction de la jeunesse catholique et les missions chez les sauvages du Canada, a ordonné que les Pères de la Société de Jésus sur la somme qu'ils recevraient en compensation, retiendraient le domaine communément appelé *La Prairie* avec la somme de huit cent mille francs (fr. 800,000), mais qu'ils céderaient sept cent mille francs (fr. 700,000) à l'Université Laval, dont cinq cent mille (fr. 500,000) à l'Université même, établie à Québec, et deux cent mille (fr. 200,000) à la succursale montréalaise de cette Université ; cinquante mille (fr. 50,000) à l'archidiocèse de Québec ; cinquante mille (fr. 50,000) à l'archidiocèse de Montréal ; cent mille (fr. 100,000) à la Préfecture apostolique du Golfe Saint-Laurent. Quant aux trois cent mille francs qui restent, qu'ils en remettent une part égale aux diocèses suffragants des deux provinces (ecclésiastiques) de Québec et de Montréal, savoir : Chicoutimi, Saint-Germain de Rimouski, Nicolet, les Trois-Rivières, Saint-Hyacinthe et Sherbrooke, de telle sorte que chacun d'entre eux puisse réclamer également cinquante mille francs (fr. 50.000). En conséquence, Sa Sainteté a ordonné que le présent décret fût rendu sur ce sujet, nonobstant tout ce qui pourrait y contredire.

» Donné à Rome, à la Propagande, le 15 janvier 1889.

(signé) » Jean Cardinal Simeoni, Préfet.
» Dominique Jacobini, Archevêque de Tyr, secrétaire. »

longue et pénible question des *Biens des Jésuites* par le versement de la somme convenue, quatre cent mille piastres.

Le même jour, obéissant *aux injonctions* du Saint-Siège, je remettais à Leurs Grandeurs les Evêques de la Province de Québec, ainsi qu'à l'Université Laval, à Québec et à Montréal, le montant que le Saint-Père leur assignait; et la Compagnie de Jésus recevait aussi la *part que le document pontifical lui laissait.* J'écrivis de suite à l'Eminentissime Cardinal, Préfet de la Propagande, et à Sa Paternité, le Très Révérend Père Général des Jésuites, leur annonçant l'heureux événement. La réponse, arrivée ces jours derniers, me donne la satisfaction de vous dire qu'ils sont contents de la solution de cette affaire.

Il ne me reste plus, Monsieur le Ministre, qu'à vous signifier officiellement que mon mandat est expiré et à vous accuser réception de la copie des documents concernant la *Commune* de Laprairie.

La mission qui m'a été confiée était en elle-même *toute pleine de difficultés.* Je dois vous l'avouer cependant, Monsieur le Ministre, la bienveillance avec laquelle vous m'avez accueilli et avec laquelle vous m'avez traité dans tout le cours des négociations, la délicatesse de vos honorables collègues, le dévouement des honorables membres des deux Chambres, ont rendu ma tâche *comparativement* facile.

Votre gouvernement a droit à ma sincère reconnaissance; et je désire vous la témoigner encore une fois en me démettant de mon double mandat de représentant du Saint-Siège et de procureur spécial de la Compagnie de Jésus.

Le gouvernement de la Province de Québec a rendu un véritable service au peuple canadien, en déchargeant la conscience de ses habitants d'un poids qui l'accablait depuis longtemps: *et il a fait un grand acte d'énergie,* en réglant définitivement une question qui paraissait *insoluble.*

Permettez-moi, Monsieur le ministre, de vous offrir mes félicitations et mes sincères remerciements; et, par votre entremise, permettez-moi de les offrir aussi à vos honorables collègues ainsi qu'aux honorables membres des deux Chambres.

> J'ai l'honneur d'être,
>
> Monsieur le Ministre,
>
> Votre très humble serviteur,
>
> (*Signé*) A.-D. TURGEON, S. J.

Il faut lire cette lettre entre les lignes et en souligner quelques passages. Il y fut répondu comme suit :

Cabinet du Premier Ministre,

> Province de Québec.
>
> Québec, le 14 janvier 1890.

TRÈS RÉVÉREND PÈRE,

Votre lettre du 15 décembre dernier m'informant officiellement que votre mandat au sujet de la question des biens des Jésuites était terminé par le paiement de la somme de quatre cent mille piastres, de la part du gouvernement, et par la distribution que vous avez faite de cette somme aux personnes indiquées dans le Décret pontifical, ne m'est arrivée qu'à mon retour des Etats-Unis, au commencement de ce mois. C'est la cause du retard à vous répondre.

Veuillez, Très Révérend Père, croire au plaisir qu'éprouvent tous les membres du gouvernement de voir cette question réglée définitivement à la satisfaction du Saint-Père, de la Propagande, de l'Ordre des Jésuites et même de la minorité protestante de la province.

Vous n'êtes pas sans connaître la guerre injuste qui nous a été faite depuis quelque temps à ce sujet ; mais nous la subissons sans murmure, convaincus que nous sommes, comme vous le dites si bien dans votre lettre, que « le gouvernement de la » province de Québec a rendu un véritable service au peuple

» *canadien en déchargeant la conscience de ses habitants d'un*
» *poids qui l'accablait depuis longtemps, et qu'il a fait un*
» *grand acte d'énergie en réglant définitivement une question*
» *qui paraissait insoluble* ».

Veuillez agréer, Très Révérend Père, l'expression de la haute considération que mes collègues et moi avons pour vous tout particulièrement comme représentant du Saint-Père et 'de l'Ordre des Jésuites dans tout le cours de cette transaction, et me croire

Votre bien dévoué,

(*Signé*) Honoré MERCIER,

Premier Ministre.

C'est alors que le Très Révérend Père Général de la Compagnie de Jésus remercia Son Excellence l'honorable M. Mertion, et me croire

Fiesole, 5 janvier 1890.

EXCELLENCE,

Maintenant que l'affaire des Biens des Jésuites est entièrement terminée, en nous félicitant de cet heureux événement, nous ne pouvons pas oublier ceux à qui nous en sommes redevables. C'est Votre Excellence et ses Collègues dans le gouvernement, ainsi que les honorables Membres de la Législature, qui, *avec une merveilleuse unanimité, à travers des obstacles, des difficultés sans nombre,* avez conduit cette cause à bonne fin.

Vous avez tous agi, sans doute, sous l'inspiration d'âmes naturellement droites et pour accomplir un acte de justice : aussi le témoignage de votre conscience est votre récompense la plus légitime et la plus douce. Néanmoins, nous ne pouvons oublier que, *dans les travaux entrepris, dans les luttes ardentes soutenues pour le triomphe du droit, vous avez fait preuve d'un intérêt et d'un dévouement qui dépassent les exigences du strict devoir.* C'est pourquoi je tiens à exprimer hautement à Votre Excellence et, par son entremise, à ses Collègues du Gouvernement et aux honorables Membres des deux Chambres, de la part de notre Compagnie, la profonde reconnaissance qu'elle leur doit et qu'elle leur conservera toujours.

Je prie Votre Excellence et ces Messieurs de vouloir bien agréer les sentiments de la haute considération avec laquelle j'ai l'honneur d'être,

Votre très humble serviteur,

(Signé) A.-MAR. ANDERLEDY,

Général de la Comp. de Jésus.

Remarquez les réticences et les allusions dans cette lettre comme dans les autres ; lisez ici également entre les lignes et demandez-vous, Messieurs, quels étaient les auteurs, les sources des difficultés qui faisaient gémir les âmes droites, les amis de la justice. Où était la cupidité, l'intrigue ? qui triomphait, en somme et malgré tout, dans les coulisses ? On cache la *Revue du Monde Catholique* traitant de ces questions : celui qui dérobe les preuves d'un mal déploré, peut en être l'auteur ou le bénéficiaire.

M. Mercier répondit :

Québec, le 6 février 1890.

Au T. R. P. Anderledy, etc.

TRÈS RÉVÉREND PÈRE,

J'ai l'honneur d'accuser réception de votre lettre du 5 janvier dernier, par laquelle vous me remerciez, ainsi que mes collègues dans le gouvernement et dans la Législature, du règlement de l'affaire des biens des Jésuites.

Je suis vivement sensible aux bonnes paroles que vous me

dites et très touché des félicitations que vous m'adressez, ainsi qu'à mes collègues.

Dans le règlement de cette question, je n'ai pas eu d'autre but que mon devoir; et je suis heureux d'apprendre que les efforts que nous avons faits pour arriver à la solution de cette question, soient si bien appréciés par un homme de votre haute position, chef d'un Ordre religieux aussi distingué par l'intelligence que par les vertus de ses membres.

Mes collègues dans le gouvernement et dans la législature sauront, j'en suis sûr, apprécier votre lettre de la même manière que moi.

Veuillez agréer, Très Révérend Père, l'expression de la haute considération avec laquelle j'ai l'honneur de me souscrire

Votre tout dévoué,

(Signé) Honoré MERCIER.

Et comme il fallait laisser pour la postérité trace de tout ce qui avait été dit et conclu, M. Honoré Mercier envoyait, au Rév. Père Turgeon, recteur du collège Sainte-Marie, à Montréal, le volume contenant tous les documents relatifs au règlement de la question des *Biens des Jésuites* avec ce billet aimable :

Cabinet du Premier Ministre,

Province de Québec.

Québec, 12 février 1891.

RÉVÉREND PÈRE RECTEUR,

J'ai l'honneur de vous transmettre, avec la présente, le volume contenant les documents en rapport avec le règlement de la question des « Biens des Jésuites », et de vous prier de le conserver comme souvenir d'un des actes politiques les plus importants du monde entier, et en souvenir de la profonde estime avec laquelle j'ai l'honneur d'être,

Votre tout dévoué,

(*Signé*) Honoré MERCIER,

Premier Ministre.

Et l'affaire se terminait ainsi non pas selon la stricte justice, mais selon les possibilités politiques du moment, et avec l'agrément plus ou moins enthousiaste de plusieurs. Car ce n'était alors un secret pour personne, en haut lieu, que des démarches actives et pressantes furent faites par les libéraux canadiens, aussi intrigants que puissants, à l'influence desquels le Siège apostolique céda plus qu'il ne le fallait : à contre-cœur, ajoute-t-on respectueusement.

LE SOLLICITOR

J'en suis convaincu. Mais le Souverain Pontife étant le dispensateur souverain du temporel de l'Eglise, quels qu'en soient l'origine et le détenteur, il a parlé dans la circonstance, et la cause est bien jugée.

LE DIRECTEUR

Oui, Messieurs, mais chacun garde le mérite ou le démérite de ses œuvres. La condescendance miséricordieuse ou opportune du Saint-Siège n'excuse, ni n'absout les coupables au tribunal de l'Histoire impartiale, à la barre de laquelle la postérité assigne qui mérite d'y être entendu en revision d'arrêt ou à fin de flétrissures pour des criminels qui ont su se soustraire à la justice. Que faisons-nous autre chose qu'introduire devant ce tribunal, qui domine les siècles et l'humanité, la cause d'hommes éminents et vertueux qui ont souffert beaucoup de la malhonnêteté de leurs contemporains ?

LE SOLLICITOR

L'Histoire, telle que la conçoit et l'écrit un grand nombre, n'est qu'une conspiration savante et, malheureusement, généralement triomphante contre la justice et la vérité. On la façonne au gré des partis qu'il s'agit de soutenir ou de disculper.

LE DIRECTEUR

Après lecture de ces documents, ayant accordé toute l'attention qu'elles méritent aux déclarations faites aux législateurs avertis par l'honorable Honoré Mercier, dénonçant, d'ailleurs aussi discrètement que des gens compromis pouvaient l'attendre d'un homme de cœur, les difficultés suscitées indûment, d'une part, les irréductibles revendications populaires en faveur des bienfaiteurs de la nation naissante, indignement méconnus et injustement dépouillés, d'autre part; ayant considéré, et sans doute avec stupeur, les prétentions invraisemblables qu'élevaient certaines collectivités *intellectuelles* ou *pieuses* sur l'héritage d'hommes dont elles auraient dû honorer la mémoire glorieuse et surtout réconforter les disciples méritants; ayant médité enfin les surprenantes raisons et considérations de l'honorable Gédéon Ouimet, premier ministre du gouvernement de Québec réfuté par le P. Braum répondant à l'homme d'Etat; et du P. Brichet, rappelées publiquement par le Premier Ministre et ainsi solennellement authentiquées et avouées faute du moindre redressement; vu l'attitude équivoque de l'archevêque Taschereau et de ses tenants, on ne peut ne pas rester profondément attristé, malgré la solution empirique rendue possible par la condescendance du Saint-Siège à l'égard d'appétits âprement militants, surtout par l'abnégation de la Compagnie de Jésus.

Voilà ce que le peuple canadien doit apprendre et retenir; c'est ce que, sur ces tablettes, doit noter l'Histoire impartiale, à bon droit et bien tard, justicière. Car, nul ne saurait contester, après comme avant cette solution *élégante* d'un problème irritant, qu'à part la partie légitimement prenante dans la distribution des « biens des Jésuites », telle qu'elle fut imposée par Léon XIII, toujours conciliant à l'extrême et politique à tout propos, la participation à l'aubaine de tous autres doit laisser le spectateur peu satisfait; même resterait-il singulièrement rêveur, invinciblement soupçonneux, que cette attitude peu flatteuse à l'égard de divers ne serait point faite pour me surprendre, encore moins pour me contrarier. L'Université Laval reçut à l'avenant de l'énergie de ses appétits : cela prouve beaucoup en faveur de son tempérament, mais n'établit pas la légitimité de ses prétentions; son succès, en tous cas, manque de prestige et de cette apparente équité qui force l'admiration de la postérité.

On peut autant dire de plusieurs autres; et, malgré les raisons politiques que donne l'honorable Mercier pour rallier une majorité qui devait le faire aboutir enfin, je me demande que viennent prendre, par exemple, les protestants dans un partage de « biens de Jésuites »!

LE PROFESSEUR

Mais le respect dû aux décisions du pape infaillible, il me semble qu'il ne vous étrangle pas!

LE DIRECTEUR

Il ne s'agit pas d'invoquer ce respect, cette infaillibilité à temps et à contre-temps. Et d'abord, nul plus que moi, ne vénère l'autorité suprême de l'Eglise, n'ayant jamais eu l'intention d'en contester la source surnaturelle. Mais ma soumission absolue à cette autorité n'annule pas mon entendement et ma liberté, ni surtout les droits imprescriptibles de l'Histoire. L'autorité du Saint-Siège est là pour affirmer la vérité immuable et pour nous confirmer dans son culte, nul-

lement pour nous imposer des fantaisies ou des convenances
relatives, politiques ou sociales. Et c'est parce qu'on prête à
l'infaillibilité papale des fins qui lui sont contraires que l'ad-
versaire arrive aisément à la rendre ou suspecte ou odieuse
dans les esprits déjà prévenus ou mal informés. Trop communément on représente les catholiques romains comme des
pantins aux membres articulés, fonctionnant à la ficelle : c'est
une erreur profonde ou une injure gratuite; et c'est l'outrage
facile qui, à l'ordinaire, ne gêne pas nos contradicteurs, pour
ne pas dire nos ennemis, posant en hommes libres ou en li-
bertins.

Dans cette question des « biens des Jésuites » Rome a parlé,
d'accord, et la cause reste jugée pour moi comme pour les
autres catholiques, en droit ecclésiastique, s'entend. Elle ne
l'était pas encore suffisamment en droit historique, les acteurs
ayant généralement manqué de franchise et les faits, qui sont
accomplis, de la publicité que comportent les œuvres qui con-
somment les grandes injustices ou préparent les graves conflits.

LE SOLLICITOR

D'accord; insister ne peut convenir à tous. Chez nous, la
nervosité reste grande en certains milieux. Le débat de cette
affaire, s'il se rouvre, peu importe à quel propos, provoque
une terreur ou une irritation vraiment excessive.

LE DIRECTEUR

Déplacée, parfaitement !

LE PROFESSEUR

Soit !

LE DIRECTEUR

Et toujours, n'est-ce pas, les moutons qui commencent !
Troubler la digestion d'un cannibale serait bientôt un mé-
fait !

LE SOLLICITOR

Envers le cannibale, bien sûr !

LE DIRECTEUR

Si on le prend de cette manière ! Car enfin, avoir intrigué des lustres d'années et gagné gros à ce jeu dépourvu d'honnêteté, et puis demander pitié pour sa tête affaiblie, pour ses nerfs malades, pour sa conscience hantée par les spectres qu'entretiennent les remords impénitents, me paraît un comble par trop réjouissant et... scandaleux. C'est trop compter sans la justice de l'Histoire.

LE SOLLICITOR

C'est le propre, en effet, de l'Histoire, de galvaniser les hontes, de buriner sur l'airain les iniquités pour l'éternelle confusion des malfaiteurs qui se sont aventurés sur une scène où ne devraient s'épanouir et se faire applaudir que les vertus civiques et les autres.

LE DIRECTEUR

Vous avez dû remarquer que malgré ses hautes qualités publiques et privées, le peuple canadien a vu des défaillances particulières se produire et s'imposer aux pouvoirs. Il n'en est pas plus fier pour cela, j'en conviens : c'est un honneur, même un solide motif pour bien espérer de son avenir.

LE PROFESSEUR

Qu'il en soit donc ainsi.

LE SOLLICITOR

Nous avons nos optimistes, comme la France en eut dans Dupanloup et Montalembert; seulement, vers l'abîme, nous marchions plus vite qu'elle. Le Canada, comparé à la France, est jeune, faible et petit; il est plus facile de raser une chaumière qu'un château fort. Vous étiez une forteresse et voyez où vous en êtes; nous sommes la chaumière qu'habite un peuple d'enfants, et les incendiaires, Juifs, francs-maçons, libéraux et protestants, l'entourent la torche à la main. Pourquoi serions-nous sans inquiétude?

LE DIRECTEUR

Or, maintenant, chers Messieurs, que j'ai satisfait en vous un désir légitime dans la mesure que comporte chez moi la discrétion professionnelle, croyez-vous qu'un peu de stratégie bismarkienne serait fort déplacée entre nous? *Do ut des* était la devise du grand Prussien, qui se fit accorder de la sorte force licence, et des provinces, et des milliards.

Le procédé a du bon, bien qu'il manque souvent de moralité. Quant à moi qui n'ambitionne ni les bords du Rhin, ni la fortune d'un Morgan Pierpont, je serai pourtant fort aise d'apprendre de vous la portée politique et la signification historique de vos fameuses et si prochaines fêtes de Québec.

Si vous me demandez préalablement pour quel motif je m'intéresse autant à vos affaires, je répondrai : parce que chez vous autres, Canadiens français, vivront éternellement d'excellents parmi les meilleurs souvenirs de la France. Je me garde bien, remarquez-le, de parler d'intérêts : il y a des questions de cœur et d'honneur qu'on ne ravale pas au niveau des raisons de pacotille.

Voyons : il s'agit bien, n'est-ce pas, de célébrer la date mémorable, après tout, de la fondation de Québec?

LE PROFESSEUR

De cela même.

LE SOLLICITOR

C'était du moins l'intention des catholiques et, tout particulièrement, des Canadiens français qui voulaient en cette occurrence honorer leurs aïeux.

LE DIRECTEUR

Eh bien! moi, j'ai beau m'y prendre vingt fois, et recommencer l'effort vingt fois autant, je n'arrive pas à saisir, ou je saisis trop bien l'idée première de ce projet, l'inspiration de ces fêtes.

LE PROFESSEUR

Deux races réconciliées, tendant d'un commun accord vers un avenir prospère qui garantira l'union avec la puissance tutélaire et l'immunité contre les atteintes du Sud menaçant : on ne peut songer à mieux.

LE DIRECTEUR

Vous le pensez! Sérieusement?

LE PROFESSEUR

Parbleu! M. Chapais le veut ainsi.

LE SOLLICITOR

De quoi M. Chapais se mêle-t-il? Je le demande.

LE DIRECTEUR

M. Chapais a écrit un long mémoire aussi torturé que sa conscience, assurément. M. Chapais est-il aux gages de la vérité historique qu'on veut faire revivre et honorer, ou du gouvernement qui a tant de raisons pour l'altérer en la refoulant dans l'oubli?

LE SOLLICITOR

M. Chapais est satellite du pouvoir; il est influencé et il

compte parmi les évolutionnistes opportunistes en mal de progrès dans tous les renoncements.

LE PROFESSEUR

— Disons plutôt que, comme tous les Canadiens, il s'intéresse à ces fêtes ; qu'il ne prend pas surtout en mauvaise part les sympathies que manifeste hautement envers elles Son Exc. lord Grey, gouverneur général du *Dominion*. En disant son attachement pour notre vieille cité, en le prouvant avec éclat, lord Grey ne fait que suivre l'exemple des Elgin, des Dufferin, des Lorne, des Stanley, des Preston, voire même de la princesse Louise qui disait Québec « sa petite France », et dessinait si joliment ses paysages et sa citadelle.

N'est-ce pas lord Dufferin qui disait un jour aux membres de la Société Saint-Jean-Baptiste, de Québec : « Acceptez avec confiance la situation qui vous est faite par la Couronne britannique ; acceptez *le présent*, comme moi, j'accepte votre *passé* avec ses nobles traditions et ses glorieux souvenirs », ajoutant : « Savez-vous qu'il n'y aurait rien de plus monotone que le Canada sans la province de Québec! »

LE DIRECTEUR

Ce qui voulait dire, à n'en pas douter, que l'Angleterre avait bien fait de la prendre, et fera mieux encore de la conserver !

LE SOLLICITOR

Eh! certainement. Je me permets de vous lire une page de M. Ernest Gagnon, parue dans la *Revue Canadienne* de février dernier :

« L'Européen qui arrive aux Etats-Unis, dit-il, est mis immédiatement en contact avec une population active, intelligente, de bonne mine, parlant l'anglais. S'il traverse la ligne frontière de l'Ontario il retrouve une population active, intelligente, de bonne mine, parlant l'anglais. Et si, au lieu de passer la frontière ontarienne, c'est celle de la Nouvelle-Ecosse ou du Nouveau-Brunswick qu'il franchit, là encore il rencontre une population active, intelligente, de bonne mine, parlant l'anglais. Et le pauvre voyageur de se dire, comme dans la *Dame Blanche*, qu'il a déjà bien des fois entendu cet air-là. Mais voici que le *Pacifique* ou l'*Intercolonial* le transporte dans la province de Québec. Oh ! alors voici du nouveau : les hommes qu'il rencontre sont bruns, gais, vifs, alertes ; ils gesticulent comme dans les pays chauds et parlent le français : quel bonheur !... Les Franco-Canadiens ne sont pas supérieurs à ceux qui les entourent. mais ils sont différents, fort heureusement ; sans eux les voyageurs en quête d'imprévu seraient volés !

» Un *colonial* anglais exprimait un soir, dans un dîner de gala, son regret de ce que tous les habitants de la province de Québec ne parlent pas l'anglais, et s'adressant plus spécialement au juge Caron, il ajouta qu'il fallait s'employer à faire disparaître cette anomalie.

» Si vous entreprenez la tâche de faire parler l'anglais à la totalité des sujets de Sa Majesté, répliqua le juge, vous avez fort à faire. Savez-vous que c'est la minorité, la petite minorité de ces fidèles sujets qui parlent l'anglais ? Comptez les peuples des Indes, où plus de 250,000,000 d'habitants ignorent la langue anglaise, les peuples de l'île Ceylan, des établissements de Labouan, de Hong-Kong...

» — Permettez...

» — Comptez les habitants des colonies anglaises de l'Afrique, du Cap, de Natal, de la Côte d'Or, de Sierra-Leone, de l'Ile Maurice, des Seychelles, de la vallée du Niger...

» — Permettez...

» — Comptez les habitants de la Nouvelle-Zélande, de la Tasmanie, d'une partie de l'Australie, des îles Viti, de la Nouvelle-Guinée, de Sainte-Lucie, des Barbades, de la Trinité...

» — Mais, Monsieur...

» — Et ceux du Honduras, des Bermudes, des îles de Bahama, de la Jamaïque, des Iles du Vent, des Iles Sous le Vent, de la Guyane anglaise, des îles Falkland, de la Colombie Britannique, etc., etc., etc... J'en passe, Monsieur; notez que j'en passe. Voyez les statistiques; voyez...

» Le *colonial* voulut se dérober; mais le juge tenait son homme : il ne le lâcha qu'à la fin de la soirée.

» Restons « fiers de notre destin, » mais sans être trop optimistes. Prenons garde de méconnaître notre génie particulier, et — puisqu'il est dans la note du jour de parler Histoire — *sachons trouver dans les leçons du passé l'orientation qui nous permettra de préparer l'avenir.* »

M. Gagnon n'a pas dit toute sa pensée en écrivant son article; on en devine aisément le reste dans sa conclusion, où il redit avec le poète Crémazie : « Restons fiers de notre destin », sans se montrer néanmoins trop optimistes.

Fidèles à leur génie particulier, les Canadiens français chercheront donc dans les leçons du passé l'orientation qui leur fera préparer l'avenir honorable et libre.

LE DIRECTEUR

« Acceptez *le présent*, comme moi, j'accepte *votre passé*, avec ses nobles traditions et ses glorieux souvenirs. » A le faire, lord Dufferin était en excellente posture! De bonnes traditions et de nobles souvenirs ne le gênaient guère dans la jouissance incontestée d'un pouvoir profitable. Il faudrait savoir si ces traditions respectables, si ces glorieux souvenirs n'entretiennent point de regrets, n'inspirent point d'espérance; enfin si les dirigés trouvent dans ce présent autant de satisfaction que les dirigeants : qui nous dira s'ils sont définitivement résignés à leur sort humilié?

L'Histoire est une chose utile : elle remplit le présent des échos du passé. Quand les Canadiens français auront ravivé dans leur pensée fidèle, comme je me les y rappelle moi-

même, la rivalité des races en ce pays, les souvenirs cuisants
des luttes qui précédèrent la conquête, les abominations au
milieu desquelles elle s'accomplit et se consolida, les rigueurs
des conquérants qui causaient les angoisses poignantes avec
les durables infortunes des vaincus ; quand tous se rediront,
comme je me le dis à moi-même, que le tyran ne s'adoucit
qu'en voyant l'opprimé de la veille tourner en vainqueur de
demain grâce à l'opiniâtreté de ses labeurs, grâce surtout à
la prospérité de ses foyers, ils se demanderont alors, avec quelque profit, sans doute, ce qu'ils vont fêter à Québec, à l'occasion de sa fondation lointaine : ou les douleurs de leurs
pères, ou l'espérance de leurs fils respectueux, et, comme eux
et après eux, fiers du passé glorieux ! ou seulement la morgue
britannique encore triomphante d'agressions lointaines, de
l'écrasement sous le nombre d'une poignée de héros dont le
maître n'a su d'ailleurs ni respecter les dépouilles, ni honorer dignement la mémoire immortelle.

On doit demander à lord Grey quand et comment on peut
songer au passé. Il y met ses conditions que Chapais, que
Routhier et les budgétivores acceptent. C'est que tous ceux
qui danseront en ces fêtes ne descendent pas des hommes
vaillants qui tinrent la truelle lors de la fondation de Québec.
Beaucoup viennent de ceux qui conduisirent les sauvages à
l'assaut de Montréal ! Et vous savez que l'Anglais, en ces
temps-là, savait goûter la soupe où cuisaient les cœurs des
Français morts à l'ennemi. Il y a mélange dans les souvenirs ;
le gouvernement en impose dans les réjouissances qu'il to-
lère.

LE SOLLICITOR

La comédie sera évidemment macabre. Les gens sensés
avaient espéré un moment que la raison saine finirait par l'em-
porter ; que la conscience populaire épargnerait à l'ombre
des ancêtres un délirant et désolant spectacle. Mais il en va
déjà à Québec comme dans Rome décadente, comme partout

ailleurs à l'occasion : on ne mendie que du pain en route pour l'amphithéâtre.

La presse canadienne n'a pas su, ou n'a pas voulu conserver la liberté de formuler une opinion. *Le Soleil* a bien esquissé un beau geste, mais il fut sans parole et sans suite; déjà *La Presse* faisait un pas vers la scène, roulait de gros yeux, ouvrait une large bouche; en chœur et d'avance, toute la galerie chantait : comme *La Presse* l'avait prévu, les impérialisants... Il ne restait au journal qu'à continuer sa *rengaine* avec une variante de circonstance, et on l'aurait applaudi. Or, *La Presse* se tut, plus résolument même que personne. Ce fut M. Chapais qui, longuement, lourdement, et combien péniblement pour notre dignité, rappela toutes ces velléités hésitantes à la réalité froide des convenances politiques. Il ne restait, pour protester en faveur des grands principes et des *ombres glorieuses*, que *La Vérité*, et les *âmes étroites*, et les cerveaux *malades*, comme le disait aimablement l'*impérialisant* et *saxonnant* colonel Hanbury Williams, cette inébranlable colonne de la maison de lord Grey, gouverneur général, opérant au nom de la Grande Bretagne toujours ombrageuse dans les pays canadiens.

LE PROFESSEUR

Il ne faut rien exagérer, non plus rien dénaturer. M. Chapais était de bonne foi quand, en termes fort émus et trop suppliants, il demandait, pour le comité de Québec, qui s'efforçait de préparer les fêtes avec l'éclat digne des grands souvenirs, le crédit et la confiance qu'il mérite.

LE SOLLICITOR

M. Chapais est une âme droite; mettons un esprit large, je l'accorde en dépit des aménités de l'ineffable Hanbury Williams. Vous le voyez, je n'ai point de rancune. Ajoutons, si vous y tenez, qu'il est désintéressé : en vérité, je n'en sais rien ! Mais il y a façon et façon d'être droit, large et surtout désintéressé ; et, désintéressé il ne faut pas l'être, sans mandat précis, pour le compte d'autrui. On peut faire des objections et des réserves quand, dans un *désintéressement de circonstance* il entre de la complaisance et du renoncement qui ressemblent à de la complicité. J'affirme que, dans la pensée gouvernementale, tous ces beaux projets recèlent des idées impérialistes à peine déguisées, auxquelles le Canadien français n'a pas à souscrire pour vingt raisons meilleures les unes que les autres, toutes suffisantes pour motiver son abstention.

On veut l'oubli du passé, la concorde dans le présent, un effort commun vers l'avenir, le tout par le vaincu de la veille au bénéfice d'un maître tremblant déjà pour la durée de son œuvre.

En tout cela, je vois très nettement les avantages de l'Angleterre, discrètement effacée dans les brumes lointaines ; mais les bénéfices de la race vaillante qui a conquis le sol canadien, qui a fondé Québec et Montréal, qui a fécondé par ses sueurs, rougi de son sang le plus pur ces terres immenses, riches de promesses et pleines d'avenir, je ne les discerne pas aussi clairement ; car, je ne trouve, impérieux à notre porte, que l'Anglais honni de nos pères, odieux à leurs fils, et qui nous demande, pour célébrer nos tristesses d'antan et leurs méfaits, des danses et des lampions. C'est sa manière d'embrouiller les idées, d'amollir les volontés pour mieux ajourner des espoirs gênants. Si Chapais est écouté, si Routhier est bien compris, il y aura largesses en bons points et récompenses ! Québec surtout aura son *Parc des Batailles !*

LE DIRECTEUR

Ces fêtes, en rappelant les origines de Québec, effaceront-elles des esprits, mis en éveil, le souvenir des procédés de la conquête britannique ?

La guerre alors, un moment suspendue, avait recommencé entre colons français et anglais du nord américain, avant même d'être officiellement reprise entre les métropoles ennemies. Sans déclaration diplomatique d'aucune nature, qui pût présager des malheurs, selon leur coutume ancienne et leur usage constant dans la suite, les Anglais ouvrirent les hostilités sur mer, par surprise et à coups de canons, comme firent les Japonais, leurs émules et alliés, tout récemment encore, à Port-Arthur.

Le marquis de Vaudreuil, gouverneur français du Canada, durant l'hiver de 1755, gagna à la cause de nos colons les Peaux-Rouges de l'Ohio et s'aventura jusque dans la Virginie et la Pensylvanie : les territoires en litige étaient la région du Niagara et les abords du lac Ontario. Anglais et Français s'y fortifiaient pour mieux soutenir par la force leurs droits contestés.

Si vous le voulez bien, nous citerons un peu les Archives et les laisserons parler. Oyez un instant les braves gens qui vous sont restés si chers et à bon droit. La tragédie canadienne touchait au dénouement :

« ... Il arriva des secours importants pour l'époque et pour le pays : deux bataillons, de la Sarre et de Royal Roussillon, soit 1,100 hommes qui, joints à ce qui se trouvait sur place, formaient un effectif de 3,800 Français. Le commandement échut au marquis de Montcalm.

» Né près de Nîmes, d'une famille de Rouergue dont le nom était célèbre dans les fastes des chevaliers de Saint-Jean de Jérusalem, Louis de Montcalm entra au service à l'âge de quatorze ans et il avait conquis ses grades dans la guerre de Succession d'Autriche. C'était, comme nombre de ses compagnons d'armes, un lecteur, un méditatif. Il avait la curiosité des choses antiques et l'on raconte qu'il espérait, pour couronnement de sa carrière, un siège à l'Académie des inscriptions. Ainsi, après Vauban, après Guibert, idole des salons à intelligence, un Carnot, et, plus tard, « Bonaparte, membre de l'Institut, général en chef de l'armée d'Egypte ».

» Montcalm et sa petite troupe arrivèrent à Québec le 3 mai 1756 et le 17 à Montréal. « C'est, écrivait un officier, une ville fort grande et fort sujette à l'incendie, toutes les maisons étant bâties de bois. Le ton français y règne, la vocation pour le mariage y domine; nous y avons déjà cinq officiers de mariés; on y est orgueilleux, quoique pauvre, et il n'y a que le particulier qui a régi des postes qui soit en état de suffire au train qu'il mène. »

» Dans l'administration coloniale, si le gouvernement s'obérait, si le militaire était mal nourri et si les forts étaient mal approvisionnés, si le commerce était peu encouragé et la colonisation peu facilitée, le fonctionnaire faisait fatalement fortune : un poste aux colonies étant une sorte de ferme. Le gouverneur du Canada, le marquis de Vaudreuil, honnête homme en ce qui le concernait, travailleur de cabinet, mais tatillon, paperassier, bureaucrate et petit esprit, fermait les yeux sur ces abus qui scandalisaient et irritaient Montcalm et ses lieutenants.

» Au premier coup d'œil et dès la première sortie vers la forêt et les grands lacs, l'aspect du pays les enchante et ils le dirent. Ils n'ont point, il est vrai, pour arrêter les rayons et les projeter en couleurs, le prisme merveilleux d'un Chateaubriand; mais leurs notes vraies et simp'es ont leur vivacité, et il n'est pas encore sans intérêt ni sans piquant de les comparer aux croquis sur nature du *Voyage en Amérique*, aux décors « truqués » des Natchez, aux paysages composés et achevés à l'atelier, du chef-d'œuvre du maître, les *Mémoires d'outre-tombe*.

» Les étapes sont longues, les chemins difficiles; on navigue jusqu'aux rapides, on débarque et tantôt on grimpe à pic, tantôt on barbote dans l'eau jusqu'à la ceinture. Et, tout comme au Maroc et dans le Sud-Oranais aujourd'hui, le Français au pied d'œuvre étant toujours le même. « Le soldat, de qui nous avons tout lieu d'être content, ne se rebute point, son ardeur augmente à chaque coup de collier. Quand les canots ne peuvent plus le porter, lui, ses armes, son sac et ses provisions, c'est lui qui porte les canots. »

» La navigation sur le Saint-Laurent est délicieuse. « Ce ne sont, de Québec à Montréal, que des îles contiguës, et comme ses deux bords sont habités, on a le plaisir de faire soixante lieues entre deux villages... Les habitants sont fort à leur aise; ils ne payent ni tailles, ni autres impôts; ils chassent et pêchent librement, en un mot on peut les regarder comme riches; les plus pauvres ont trois arpents de front et quarante de profondeur. »

» Et alors quelles chasses! Il y avait en particulier, d'étranges vols de pigeons : un officier en a tiré quarante d'un coup, des soldats assuraient en avoir tué quatre-vingts, les Canadiens prétendent aller jusqu'à cent vingt! « Il me semble que ce soit une manne que Dieu envoie puisqu'elle nourrit pendant quatre mois tous les habitants du Canada. »

» Ces habitants — c'est-à-dire les colons et les créoles — « sont grands, robustes et infatigables, surtout pour les marches; fort ignorants, n'ayant aucune idée de science, ne s'attachant qu'à leur commerce; cela n'empêche pas qu'ils soient présomptueux et remplis d'eux-mêmes, s'estimant au-dessus de bien des nations, grands menteurs. Le sang du Canada est assez beau; les femmes y sont généralement jolies, grandes, bien faites, spirituelles, babillardes, maniant la parole avec aisance, paresseuses en tout, et pour le luxe au dernier point ».

» Ce portrait, peu flatteur, était-il fidèle? On en peut douter. Ceux qui peignaient cela, comme leur général, étaient du Midi.

» Montcalm garde, à l'user et après l'expérience d'un hiver, une impression bien plus favorable que celle de ses lieutenants, à l'arrivée, au passage. « Montréal vaut Alais, dit-il, 'dans les temps de paix.... Pour Québec, comme pour les meilleures villes du royaume, quand on en a ôté une dizaine, moins que Montpellier, mieux que Béziers, Nîmes, etc..., le climat sain, le ciel pur, un beau soleil... Des jours de poudrerie, l'hiver. insupportables, où il faut rester enfermés ; les dames spirituelles, galantes, diverses ; à Québec, joueuses ; à Montréal, conversation et danses. »

» Dès la fin de juillet, Montcalm se mit en route pour le lac Ontario, et sa troupe fit connaissance avec nos auxiliaires sauvages. Nous voilà en pleine réalité, et fort loin des Natchez, sensibles et grandiloquents, chez qui le « frère d'Amélie » rechercha le bonheur aux bras de Céluta. Chateaubriand, qui en rencontra, les vit « tous barbouillés comme des sorciers, le corps demi-nu, les oreilles découpées, des plumes de corbeau sur la tête et des anneaux passés dans les narines. » Un petit Français, poudré et frisé, habit vert pomme, veste de droguet, jabot et manchettes de mousseline, raclait un violon de poche et faisait danser *Madelon Friquet* à ces Iroquois... On lui payait ses leçons en peaux de castor et en jambons d'ours !... »

» Ils parlaient, même en ce pays de domination française, à peine quelques mots de notre langue. Les dialogues, fort succincts, qu'on avait avec eux, ne donnent aucune idée des interminables et métaphoriques discours des chefs dans les romans du *lac* et de la *prairie*. Ils se tenaient en anglais, en phrases décousues, en « petit nègre ». Tout le reste semblait bien être l'invention des Homères de France et des Etats-Unis.

» Les Français de 1756 les montrent portant, l'hiver, ou quand ils vont à la guerre, une couverture de laine ou de peau sur le dos : l'été, ils vont nus, sauf un brayet, sorte de ceinture de drap, et des guêtres qui montent à mi-jambes. « Ils paraissent assez bien disposés pour nous, écrivait Montcalm à sa mère : ce sont de vilains messieurs, même en sortant de leur toilette, où ils passent leur vie. Vous ne le croiriez pas, mais les hommes portent toujours, avec le casse-tête et le

fusil, un miroir à la guerre, pour se bien barbouiller de diverses couleurs, arranger leurs plumes sur la tête. »

» Les hommes, tout maquillés qu'ils sont, sont encore dé-
coratifs. Il faut déchanter avec les femmes. Les voici au naturel : « de taille qui passe la médiocre, laides et crasseuses,
elles ne peuvent tenter que des sauvages; elles portent leurs
cheveux roulés derrière le dos avec un cordon, ou mis dans
une poche de fer blanc; elles sont couvertes depuis les épaules
jusqu'au genou. » O Céluta, ô Mila ! ô sommeil de René entre
les deux jeunes Siminoles sous la pluie de roses de magnolia !

» Et que René avait raison de dire : « J'ai laissé des songes
partout où j'ai traîné ma vie » ! S'il prit pour deux vierges ces
deux *filles peintes*, sylphides de la forêt, au moins vit-il les
hommes comme ils étaient : « Des mendiants à la porte d'un
comptoir. » Trente ans avant, lors de la guerre d'indépendance, « ils mangeaient encore les prisonniers, ou plutôt les
tués : un capitaine anglais, puisant du bouillon dans une mar-
mite indienne avec une cuiller à pot, en retira une main ».
Main de Français, sans doute, car l'aventure se passait chez
les Iroquois, alliés des Anglais. Montcalm observait du reste
les mêmes mœurs chez nos Iroquois à nous : bavards, féroces et « cabotins » dans les moelles.

« Il faut avoir avec eux une patience d'ange, écrit Montcalm. Depuis que je suis ici, ce ne sont que visites, harangues
et députations de ces messieurs. Les dames des Iroquois,
qui ont toujours part chez eux au gouvernement, en ont été
aussi... Ces messieurs font la guerre avec une cruauté éton-
nante. Ils enlèvent tout : femmes, enfants, et vous enlèvent
la chevelure, opération dont on meurt pour l'ordinaire, très
proprement. » La mode est quasi passée de brûler les prisonniers. « Nous leur en achetons de temps en temps qui,
passant dans nos mains, sont traités suivant les lois de la
guerre. »

« *Les Iroquois même en ont un,* » disait Montesquieu à propos du droit des gens. Celui-là était, avec plus de symboles,

de l'espèce de celui de Brid'oison : tout en formes. Avant
d'entreprendre une expédition, Montcalm réunit un conseil
des « nations » sauvages, où chaque nation se plaça selon
ses préséances, après quoi, « il leur présenta, au nom du roi,
un collier de 6,000 grains pour lier tous ces peuples entre eux
et avec lui ». Il était périlleux de manquer aux rites. Lors
de la prise d'Oswego, sous prétexte qu'ils n'avaient pas été
liés par le cérémonial de la remise du collier, les Iroquois se
ruèrent sur les prisonniers et en tuèrent une trentaine. Les
officiers français se lamentent, s'indignent. « Je ne vous parlerai pas, écrit l'un d'eux, des horreurs et des cruautés des
sauvages... Il est malheureux de faire la guerre avec de pareilles gens, surtout quand ils sont ivres. » A la prise du fort
William-Henry, les Français eurent soin de jeter tout ce qu'ils
trouvèrent d'eau-de-vie et de liqueurs. Les sauvages déçus
s'en vengèrent sur les femmes et sur les enfants. « Nous au-
rons, écrivait Bougainville, 8,000 hommes, dont 1,800 sauvages, nus, noirs, rouges, rugissant, mugissant, dansant, chantant la guerre, s'enivrant, demandant du bouillon, c'est-à-
dire du sang, attirés de 500 lieues par l'odeur de la chair
fraîche et l'occasion d'apprendre à leur jeunesse comment
on découpe un humain destiné à la chaudière. » Mêmes appétits et de pires au camp des auxiliaires anglais. « La re-
présaille est effrayante, écrit un officier, et l'air qu'on respire
ici est contagieux pour l'accoutumance à l'insensibilité. » Les
chevelures sont tarifées ; les héros se présentent aux récep-
tions et aux cérémonies publiques décorés de ces ignobles
trophées. S'ils laissent un prisonnier en vie, c'est après i avoir
dépouillé, nu comme un ver : pareille horreur se revit, et
plus d'une fois, durant les guerres d'Espagne, après 1808.
Lors du grand massacre, au fort Henry, Montcalm, au déses-
poir, tâcha d'arracher des victimes à ces forcenés. « Puisque vous ne voulez pas écouter la voix de votre père, tuez-le
le premier ! » s'écrie-t-il. Les sauvages s'arrêtent à sa voix ;
ils cèdent, mais avec quelle étrange méprise sur le caractère

de son intervention. « Mange, mon père, de cette mauvaise viande à qui tu donnes la vie ! »

Mais, à quoi bon évoquer par le détail des scènes effroyables ? Montcalm fut heureux en 1757 et 1758, et il garda tous les territoires en litige. Cependant, pour tirer parti de ces avantages, il aurait fallu des hommes, de l'argent, l'empire de la mer et, en France, des politiciens à la hauteur des circonstances, surtout moins distraits ! Aussi, Chateaubriand, méditant les misères, les défaillances et les fautes de la mère-patrie, hypnotisée en Europe, absorbée par ce qu'elle croyait des soucis plus pressants, d'écrire : « Je me demandais comment le gouvernement de mon pays avait pu laisser périr ces colonies qui seraient aujourd'hui pour nous une source d'inépuisable prospérité. » Hélas ! quel langage tiendrait-il aujourd'hui, et ne devons-nous pas songer que la France, ayant reconstitué en Afrique, en Asie, en Amérique, un empire colonial plus étendu, plus prospère, ne courra jamais un nouveau risque d'être dépouillée que pour les mêmes causes et par les mêmes pirates, vraisemblablement.

Toujours est-il qu'en ces temps-là, l'Angleterre, ayant mordu dans les colonies françaises et les ayant trouvées à son goût, poursuivait en Amérique, aux abords du Canada, une guerre sournoise d'abord, cynique bientôt, tout appliquée à créer à la France des conflits sur terre et des entraves sur mer : il fallait intercepter les renforts ou s'opposer à leur embarquement, isoler les colons, décimer leurs défenseurs, puis faire main basse sur ces arpents de neige dont elle avait su apprécier la richesse, escompter l'avenir. Elle ne manqua pas à cette tâche. Ayant jeté tour à tour sur les bras de la France, et l'Autriche, et la Prusse, c'est sur le lac Ontario et sur les rives du Saint-Laurent qu'elle défendit les libertés autrichiennes, et facilita la conquête de la Sibérie ! Chypre ressemble au Canada à cet égard et vint à l'Angleterre de même façon. Chacun emporta sa proie ou ses gages, la France seule perdit le Canada dans cette bagarre internationale.

Voilà quelques faits et souvenirs qui hantent obstinément notre pensée. Difficilement nous nous faisons à l'idée que le peuple farouche, implacable, qui battit en brèche vos remparts et ravagea vos premiers foyers, puisse avec grâce et dignité présider aux fêtes commémoratives de la naissance de ce qui sera, un jour, la nation franco-canadienne du nord-américain.

Lord Grey avait trop le sens des réalités et des convenances sociales pour s'aventurer sur un terrain mouvant. Il attendit, se fit solliciter, approuva d'un sourire, encouragea d'un geste; il promit ceci, cela, et laissa Chapais barboter dans l'incohérence d'une entreprise que j'estime contre nature, en laquelle eût sombré, si on n'y avait pas pris garde, la dignité d'une race qui a su jusque-là forcer l'estime du vainqueur et préparer les puissances à la bien accueillir un jour dans le conseil des peuples souverains.

LE PROFESSEUR

On ne peut mettre en doute l'esprit conciliant de lord Grey ni l'élévation de ses vues, ni l'impartialité de ses actes. Il représente dignement parmi nous un suzerain libéral, dont les droits, certes, cessent de nous porter ombrage. Son Excellence ne veut voir autour d'elle ni vainqueurs, ni vaincus, ni Français, ni Anglais, ni compétiteurs, ni ennemis; mais rien que des fils satisfaits d'une même terre fortunée qui ne demande qu'à devenir qu'une commune patrie, en quelque sorte enchantée.

LE SOLLICITOR

C'est bien ça, l'air anglais de la chanson du *Tricentenaire!* M. Chapais a sauvé une situation qui s'embrouillait en donnant le ton et la mesure de l'enthousiasme officiel, tolérable. Mais, ce faisant, il n'a pas agi de lui-même. Le programme des fêtes, qu'on est convenu de trouver *merveilleux*, est venu de Londres et d'Oxford à l'usage de M. Lascelles ; les plans sont dits originaux, et de confiance aussi proclamés *prodigieux*. Surtout la Société Saint-Jean-Baptiste a un grand rôle à jouer, un contrôle à exercer ; et puis, comme les Canadiens français sont catholiques, on a soin de respecter sur la scène un décor pieux, conçu pour les flatter : *Veni Creator* au début, à la Fête-Dieu ; messe en plein air, sous le portique de Notre-Dame, suivie d'une procession grandiose qui voit quatorze chœurs *fixes*, et aussi des chœurs *mobiles* et des trompettes et des fanfares, un dais luxueux, mais un seul reposoir boulevard Langelier. On inaugure, pour la circonstance, la statue du premier évêque de la Nouvelle France, et l'on fête la Saint-Jean-Baptiste avec un invraisemblable éclat : *Te Deum*, banquets, discours, lampions, pétards, et... le reste... C'est tout ce qu'on voulait tolérer comme fêtes franco-canadiennes qui devaient cependant rappeler l'origine de Québec et son histoire tout en conserva: · un caractère exclusivement catholique.

Mais ce n'était pas ce que désiraient le maître et ses partisans : libéraux, juifs, protestants et francs-maçons. Il leur fallait des fêtes profanes ; ils entendaient rapprocher l'objectif jusqu'au jour de la conquête britannique dont, eux, se réjouiraient contradictoirement en cette occasion. Aux chants religieux et messes solennelles, ils répliqueraient par des fêtes d'autre caractère et de signification plus précise, auxquelles les Anglais se mêleraient plus volontiers : tableaux rétrospectifs, cavalcades, grandes revues navales en mer, revue de 20,000 hommes au camp de Charlesbourg, et que d'autres choses encore ! Eh bien ! Messieurs, pour si peu ou pour autant, je ne m'emballerai point [1] !

---

1. Le 3 juillet 1908 sera le troisième centenaire de la mémorable fondation de Québec. L'on comprend que les Canadiens-Français aient à cœur de le célébrer par de grandes solennités patriotiques. Je dis les *Canadiens-Français*. Car tout est bien *Français*, dans ce centenaire. C'est un roi de France, l'un des plus aimés, qui envoie les colonisateurs du Canada ; ce sont des Français, MM. de Monts, Pontgravé, Champlain. qui prennent part à l'entreprise et la mènent à bonne fin ; c'est le

Tout ceci, en effet, se passe chez nous plus ou moins chaque année. Sous prétexte de centenaire, on force quelque peu la note. Seulement, est-ce bien sur le passage d'un cortège, même historique, à la faveur d'une mascarade, qu'on apaisera un peuple ou qu'on le résignera à l'humilité, à l'incertitude de son sort! Le *Tricentenaire* de la fondation de Québec, quelque louable effort que l'on fasse encore, ne pouvant plus être, ainsi contrefait et tout travesti, une fête vraiment nationale où tout Canadien irait prendre une part égale sans réserve ou sans regret, autant eût valu ou la remettre pour faire mieux, ou bien s'en abstenir. Car, qu'arrivera-t-il en juillet 1908 si ce qu'on projette se réalise exactement? On fera de la musique et des discours, il y aura fusées et pétards, on verra surgir des revenants avec des épées de bois et des

---

drapeau de la France que l'on arbore, avec la croix, le 3 juillet 1608, sur les hauteurs de Québec, et il y flottera pendant plus de cent cinquante ans; c'est une ville toute française qui germe là, le 3 juillet 1608, qui grandit, qui se développe, qui devient la riche métropôle de la colonie; et, jusqu'au 17 septembre 1759, jusqu'à la capitulation de Québec, cette *magnifique* colonie porta le nom de *Nouvelle-France*. Oui, nous pouvons bien dire, avec fierté et sans nulle forfanterie, que la fête canadienne du troisième centenaire de Québec doit être avant tout une fête *française*, sans quoi elle perdrait toute sa signification.

Je sais bien que certains Canadiens anglomanes essayent d'enlever ce caractère aux solennités prochaines, au risque de les dénaturer Ils adopteraient assez volontiers l'idée du gouverneur britannique, lord Grey, et feraient de ce centenaire patriotique, non pas la fête de Champlain, non pas la fête de Québec, non pas la fête canadienne-française, mais la fête du *grand tout Canadien, la fête de l'Empire!* La *Vérité* de Québec écrivait, à ce propos, le 1er février dernier : S'il en est ainsi, au lieu de la fondation de notre belle cité, ce sera la prise de Québec par les Anglais, que nous célébrerons, malgré nous, « au lieu de l'œuvre de Champlain, ce sera l'œuvre du général Wolfe; au lieu du trois centième anniversaire de la plantation de la croix et du drapeau de nos pères sur le cap Diamant, ce sera le cent quarante-neuvième anniversaire de la défaite de nos ancêtres par les troupes anglaises; au lieu des débuts de notre histoire, on nous fera célébrer les débuts de la domination britannique au Canada ».

La pensée, le désir des vrais Canadiens-Français, est bien de fêter avant tout « la Nouvelle-France de Champlain, le berceau du Canada », c'est-à-dire, le lieu... où ils sont attachés par tant de chers souvenirs. De là, pour les anglomanes, l'occasion de mettre en doute le *loyalisme* des Canadiens-Français! Il serait aisé de réfuter cette odieuse calomnie, en détaillant, l'histoire en main, toutes les preuves héroïques que les Français

perruques poudrées, portant jaquettes bleues, roses et *cailles*, qui défileront le jour, imposants et graves, et tourbillonneront le soir en rondes folles !... Alors les Canadiens du Comité et quelques autres, ravis autant qu'illusionnés, diront : c'est l'apothéose de notre œuvre ! C'est le *Tricentenaire !*

Cependant, l'Anglais narquois s'en ira répétant à la ronde : l'esclave boit, il danse à la *Wolfe Montcalm celebration !*

Et que restera-t-il le lendemain de l'orgie inexplicable ? Les Canadiens français, du moins, auront-ils appris des spectres hâves, inquiets, qu'ils auront rappelés du passé lointain, ce qui leur reste de devoirs à remplir, d'efforts à faire, de reprises à exercer ? Auront-ils une idée plus nette de leurs forces, de leurs droits, de l'avenir qui les attend s'ils osent, s'ils savent y tendre avec opiniâtreté ? Ou de l'orgie ne garderont-ils que le remords morne, mais résigné qui laissera

---

du Canada ont multipliées de leur fidélité loyale envers leur souverain ! Mais s'ils sont *loyalistes*, ils sont aussi *patriotes*, ils aiment leur pays, ils aiment son glorieux passé, ils aiment leurs ancêtres venus de France, ils aiment le drapeau de la France qui les a protégés pendant un siècle et demi, ils aiment ce drapeau de *Carillon*, le drapeau bleu fleurdelisé, à la large croix blanche ; ils aiment à le saluer comme le vrai signe de leur puissante nationalité ; ils aiment à chanter les belles stances de leur poète Crémazie :

> Ah ! bientôt puissions-nous, ô drapeau de nos pères,
> Voir tous les Canadiens unis comme des frères ;
> Puisse des souvenirs la tradition sainte,
> En régnant sur leur cœur, garder de toute atteinte,
> Et leur *langue* et leur *foi !*

Que le peuple anglais, que les Anglais du Canada ne prennent pas ombrage de ces généreux sentiments, de ces fidèles souvenirs. La France, que les Canadiens aiment passionnément, ce n'est pas la France d'aujourd'hui, asservie aux sectes anticatholiques et abaissée de toute manière par les aventuriers qui la gouvernent ; ce n'est pas même la France du dix-neuvième siècle, avec ses gloires et ses malheurs ; mais c'est la *Vieille France*, la France d'autrefois, la fille dévouée de l'Eglise, l'apôtre de toutes les nobles causes, le soutien assuré des faibles contre les forts, cette France dont un gouverneur anglais du Canada, lord Dufferin, disait : « Effacez de l'histoire de l'Europe les grandes actions accomplies par la France, retranchez de la civilisation européenne ce que la France a fourni, et vous verrez quel vide immense il en résulterait » (*Etudes religieuses*, 5 mai 1908).

clamer impunément entre impériaux comblés d'aise : juillet 1908, prise définitive de Québec. Hurrah!

LE DIRECTEUR

La vigilance légendaire des Canadiens français ne sera pas, espérons-le, là plus qu'ailleurs, prise en faute : leur fierté autant que leur ténacité les a sauvés de la servitude honteuse ; les mêmes vertus leur assureront le pouvoir et l'indépendance par surcroît.

LE PROFESSEUR

Vous êtes décidément opposés à ces fêtes. Et puis cette indépendance !

LE SOLLICITOR

Je dis et je répète que, personnellement, je tiens pour les fêtes, mais telles que nous, les vrais Canadiens, nous nous les promettions : qu'elles remémorent, pour nous réconforter, ces nobles traditions de nos pères, dont parlait lord Dufferin, et nos jours glorieux du 3 juillet 1608, 6 mai 1706, 8 juillet 1758! Vivent ces fêtes-là! Si l'Anglais, à ces souvenirs reste indifférent; à de telles fêtes, contraire, c'est donc que ses propres souvenirs diffèrent des nôtres; que ses espoirs et ses projets n'entrent pas dans nos vœux. Mais, honnis soient les plaisirs causés par nos douleurs. Et puis, demande mon compagnon, cette indépendance?... Tenez, n'en parlons pas.

LE PROFESSEUR

Parlons-en, plutôt.

LE DIRECTEUR

Je vous en prie.

LE SOLLICITOR

Je n'en parlerai pas : j'y pense.

LE DIRECTEUR

Comme Gambetta alors ! Mais, annexés, après tant de lustres d'années écoulés, avez-vous encore comme nous des Prussiens à vos portes ?

LE SOLLICITOR

J'aime mieux vous rappeler que, aux temps héroïques qui furent le martyre de nos pères vaillants, les Canadiens français se trouvaient 60 à 80.000 dans le pays, avec une poignée de défenseurs valeureux, le tout isolé, oublié par la France. Les colons anglais étaient, vrais Prussiens, plus de 200.000 à nos portes, alliés aux pires d'entre les sauvages, soutenus par d'incessants renforts accourant d'Europe à chaque marée ; et la guerre nous fut faite, vous l'avez rappelé, d'une façon sournoise, puis ouvertement, sans trêve, sans égards, sans merci : l'ennemi indigène convoitait nos chasses et nos terres ; l'Angleterre cherchait, à nos dépens, une colonie prospère de plus. Elle arriva à ses fins, en 1763, par le plus déplorable des traités. Les soldats de France quittèrent le Canada avec les mieux pourvus d'entre les colons.

Ceux qui restèrent, les pauvres : artisans et laboureurs, et les trappeurs, infatigables coureurs des bois — corps solides et cœurs vaillants — vouèrent aux hérétiques, écumeurs de leur nouvelle patrie, une haine invincible. Ils se groupèrent autour de leurs prêtres patriotes et, sans défaillance, se remirent à l'œuvre, s'attachant au sol qu'ils avaient primitivement conquis. Ils repoussèrent avec dédain toute tentative de rapprochement de la part des conquérants, comme ils se montrèrent absolument et constamment réfractaires à tout essai d'assimilation avec eux ; mais ils gardaient pieusement dans leurs âmes sensibles le culte de la patrie perdue, transmettant à leurs fils un fidèle amour pour la France.

Ce que firent ces hommes de cœur ? Vous le savez. Ce qu'ils devinrent ? Regardez : un peuple qui, par sa volonté

et son travail, par son nombre inspire pour le moins du respect. Il compte près de quatre millions d'âmes, dont plus de
2,000,000 dans le Canada proprement dit, gardant le sol natal; et plus de 1,500,000 qui tentent fortune aux Etats-Unis de
l'Amérique du Nord.

Ce que firent les Anglais? Vous ne l'ignorez pas davantage.
Ils soumirent d'abord les *annexés* au régime militaire avec
toutes ses rigueurs (1763-1774); et quand survint le régime
civil, il ne fut pour les vaincus ni plus équitable ni guère plus
doux. Sans doute, l'*Acte de Québec* (1774) accordait la liberté
des cultes et l'usage des lois civiles françaises, mais il éta-
blissait un pouvoir civil absolu qui justifia le mécontentement et les revendications obstinées des Canadiens français.
Arrivait en 1776 le mémorable soulèvement de la Nouvelle
Angleterre, fomenté par Washington, encouragé par Lafayette
et Rochambeau. Les Canadiens français étaient loin d'être
heureux ou satisfaits. Des émissaires vinrent à eux, les priè-
rent de se joindre aux insurgés du Sud, de tendre de leur côté
à leur affranchissement. Les Canadiens français ne virent pas
l'utilité pratique de changer de régime et de maîtres. Ils s'en
tinrent donc loyalement au traité de Paris et refusèrent de
s'unir aux hommes du Sud pour partager leur indépendance.
Ils furent récompensés de leur fidélité par les vexations du
général Haldimant et par la tyrannie de lord Durchester.

En 1791, la colonie fut divisée en deux provinces, le *haut*
et le *bas* Canada, les Anglais étant maîtres dans la première
et les Français jouissant d'une apparente liberté dans la seconde. Les contestations ne s'en multiplièrent que mieux et
les luttes intestines ne s'envenimèrent que davantage, les
Canadiens français se tenant toujours, fort prudemment du
reste, mais avec la plus grande énergie, sur le solide terrain
des revendications légitimes. Les gouverneurs Prescott, Mil-
nes et Graig se signalèrent par la dureté réglementaire de leur
administration qui s'adoucit en 1815, sous sir George Provost;
si bien, il est vrai, que les Canadiens français, toujours hon-

nêtes, prirent fait et cause en faveur de l'Angleterre, en 1812, et la servirent les armes à la main contre les Etats-Unis. Ce rare oubli des injures passées n'empêcha pas les luttes de race et de religion de reprendre avec plus d'acharnement dès 1815, sous l'administration de lord Dalhousie, de sir James Kempt, et lord Aylmer, au point même de provoquer aux élections de 1831 un conflit sanglant, et le 7 novembre 1837 une insurrection qui souleva le Bas Canada et partiellement le Haut Canada lui-même. Mais les insurgés, armés de faux et de fourches, et d'un seul canon de bois ne purent tenir devant les troupes anglaises qui exercèrent des répressions impitoyables sur le terrain, que suivirent des exécutions de justice implacables.

Le peuple était réduit mais point soumis; lord Durham pensait en finir en faisant voter par le Parlement, en 1840, l'*Acte d'Union*, qui réunissait les deux provinces ennemies et abolissait la langue française. Mais alors les Canadiens français étaient déjà 850,000, et les opprimer davantage devenait périlleux. On songea donc à les satisfaire enfin, et dès 1860 on étudiait le projet de la Confédération actuelle qui, sous le nom de l'*Acte de l'Amérique britannique du Nord* fut voté par les *Communes*, en 1867. Les Canadiens français recouvraient le libre usage de leur langue qui est maintenant sur le pied d'égalité avec la langue anglaise dans les actes officiels, comme au Parlement; les immunités du traité de Paris ont été ratifiées et toute la population canadienne, sans exception de race, jouit des plus grandes libertés politiques et religieuses.

Tout cela ne sont pas des dons gratuits ni gracieux; il a fallu les acquérir à la force du poignet, avec de longs efforts et la plus méritoire ténacité. Nous ne sommes pas, pour le moment, trop mécontents de notre sort, qui est perfectible et que nous voulons améliorer encore par des moyens honnêtes, toujours pacifiques, sans jamais rien sacrifier de notre foi que les sectes, aux gages du pouvoir, voudraient altérer;

et rien non plus de notre patriotisme fait de regrets, de souvenirs et d'espérances.

Pour atteindre nos fins, il nous faut nous multiplier encore, grandir sans cesse : c'est par l'honneur et la fécondité de nos foyers que nous ferons une Patrie forte du Canada à venir.

LE DIRECTEUR

Et quand donc vos femmes vaillantes réaliseront-elles vos vœux patriotiques ?

LE SOLLICITOR

Patience, cher Monsieur ! Songez à ce que, en fort petit nombre, elles ont fait en si peu d'années, et vous saurez ce que plus nombreuses, elles feront à l'avenir. Qu'il vous suffise de savoir que le Canadien français est comme un arbre touffu à l'ombre épaisse duquel étouffe l'Anglais, qui recule ou disparaît. Généralement, il faut le noter, l'Anglais se retire à temps, réalisant terres et maisons au meilleur cours, et allant manger ses rentes dans la ville voisine, même au-delà des mers. Le Canadien, au contraire, achète toute terre disponible, la répartit entre les siens qui la font valoir, et ainsi cette race, prolifique à souhait, étend ses racines en prolongeant son domaine ; et qui dira où s'arrêtera son incessant progrès ? Connaissez-vous l'Acadie ?

LE PROFESSEUR

Le pays de l'Evangéline !

LE DIRECTEUR

La Nouvelle Ecosse ?

LE SOLLICITOR

Elle-même ! N'est-ce pas que la chose a son petit parfum britannique ? Mais ne vous y trompez pas ; elle est en train de le perdre. Jugez-en plutôt; et, par ce cas particulier, apprenez tous les autres :

« De Port-Arthur, au fond de l'Ontario, jusqu'à la Baie Verte, au sud du Nouveau-Brunswick, sur un parcours de 2,000 milles, s'échelonnent sans interruption des établissements français. On dirait des ruches industrieuses, qui bientôt trop petites, envoient de tous côtés des essaims fonder de nouvelles colonies où se reproduira vite la prospérité de la ruche-mère. C'est ce qu'un livre récent appelle une tragédie : *The tragedy of Quebec or the expulsion of its Protestant farmers.* Oui, c'est une tragédie; et qui mieux est, une tragédie blanche, pacifique. Ni coups de feu ou de couteau, ni cris de douleurs, ni râles de mourants, le fermier protestant cédant de bon cœur sa terre à son voisin, *habitant* canadien, qui y établit sa famille nombreuse. Petit à petit, des cantons, naguère peuplés d'Anglais et d'Ecossais, changent de face et de maîtres; le temp'e protestant devient solitaire, une proprette église catholique projette son clocher étincelant sur le ciel bleu, et, dans le village, retentit désormais le doux parler de France.

» C'est l'histoire des Cantons de l'Est qui se répète dans Ontario, qui se répétera partout demain.

» Oui, à la vitesse acquise, nous verrons bientôt une seconde tragédie : *The tragedy of Ontario*, et si Dieu le veut, d'autres corneilles tristes, dans une troisième, quatrième et autres tragédies, attireront l'attention du gouvernement fédéral, comme le fit M. Sproule pour Québec en 1905, sur l'empiétement constant du clergé catholique et des Acadiens dans les Provinces Maritimes.

» Car, dans ces provinces, comme dans Québec et Ontario, et ailleurs, c'est toujours la même progression de l'élément français, un peu plus lente ici, plus rapide là-bas, mais partout patiente, irrésistible. Ces fiers Acadiens que les malheurs les plus effroyables n'ont pas domptés, refont courageusement leur nationalité.

» Souvenez-vous-en : Un jeune arbre poussait naguère plein

de sève dans l'Acadie; une tempête furieuse le secoua, en emporta soudain les feuilles et les rameaux qu'elle dispersa sous d'autres climats; les branches rompues, dépouillées, furent coupées et jetées aux vents, sinon au feu; le tronc de l'arbre lui-même fut rasé. Il ne restait que quelques racines dans le sol, qui formèrent de nouvelles tiges, mais cette fois si belles et si fortes que l'ouragan ne saurait plus les arracher.

» Ce petit peuple reconstitué a sa fête et ses sociétés nationales. Sa foi est vive, son attachement au souvenir des ancêtres, touchant. Sa forte organisation le protège contre l'absorption anglo-saxonne; tandis que son accroissement prodigieux lui donne chaque jour de nouvelles forces, lui fait concevoir de meilleures espérances.

» Pour traduire une opinion par des chiffres, la population française des Provinces Maritimes qui n'était que de 105,451 en 1891, arrivait à 141,661 en 1901; soit un gain net de 36,310 en dix ans. Et, si le recensement de 1911, disait naguère le sénateur Poirier à la convention acadienne de Church-Point, accuse un mouvement proportionnel de population égal au dernier, nous nous trouverons en majorité dans trois, sur les cinq diocèses, qui constituent aujourd'hui l'Eglise des Provinces Maritimes, l'Eglise de l'Acadie, à savoir : le diocèse de Chatham, où nous faisons au-delà des trois quarts de la population catholique, soit environ 52.000 sur un total de 65.000; l'archidiocèse de Halifax, où nous sommes aujourd'hui même, peut-être, en majorité, et où nous comptions, en 1901, 27.000 contre 27.400 représentants, tous les autres catholiques réunis, à l'exception des Bermudes; le diocèse de Saint-Jean, où le chiffre de la population acadienne égalait aussi, en 1901, le chiffre de tous les autres catholiques réunis, soit 29.000 sur un total de 58.000. »

» Le nombre des Acadiens ne subit de diminution dans aucune des trois provinces de l'est; au contraire, il augmente partout, alors que la population anglaise, (catholique et protestante) y diminue rapidement. Le recensement de 1901 donnait, en effet, pour les Provinces Maritimes une augmentation de 12.730 depuis 1891. Comme les Acadiens, dans ces provinces. et dans ce laps de temps, avaient progressé de 36.210, il faut bien conclure que la population anglaise avait reculé de 23.480. Sur ce nombre, les catholiques anglais avaient à enregistrer une diminution d'environ 4.000, et les protestants de 20.000. Et qu'eussent été ces chiffres sans l'émigration d'un bon nombre d'Acadiens ? »

Est-ce que tout cela ne vous dit rien ? Je vous demande, moi, quand les Canadiens français seront enfin en majorité dans. toute la Confédération de l'Amérique du Nord, — ce n'est. pas le déversement annuel et. anormal de 300.000 immigrants de tout acabit, qui le retardera indéfiniment, — que se passera-t-il et que feront-ils naturellement ? Les Etats-Unis ont donné un exemple que l'Australie fait mine de vouloir imiter et que l'Afrique du Sud suivra imperturbablement. Croyez-vous donc les Canadiens, si avisés et si patients, absolument incapables de semblable entreprise ? Si l'indépendance leur souriait alors mieux qu'autrefois, ils n'auraient, en tous cas, qu'à la prendre [1].

LE DIRECTEUR

Que Dieu le veuille avec eux, et dès ce jour donc qu'ils en soient tous bénis ! Il y aurait ainsi déjà dans le monde une grande injustice de moins à réparer.

---

1. Aux Anglais qui s'effaroucheraient encore des revendications actuelles des Canadiens-Français, je rappellerais une conférence du grand historien d'Oxford, M. Freeman (22 février 1886) sur le rôle de Georges Washington. M. Freeman démontre que le noble rebelle a réellement contribué à la gloire et à l'expansion de l'Angleterre, que les Anglais des Etats-Unis, devenus indépendants et obligés de se suffire, sont allés en avant vers l'ouest, y portant la langue anglaise et la loi anglaise, que les pays de l'Union « sont devenus des *colonies du peuple anglais*, dans un sens bien plus vrai, depuis qu'ils ont cessé d'être des *dépendances de l'Angleterre* ». Puis il prévoit le jour où « se dresseront comme des *homes anglais indépendants* les Etats-Unis d'Australie, les Etats-Unis de l'Afrique du Sud,

LE PROFESSEUR

Il n'y a pire ennemi qu'un ami maladroit. Croyez-le bien, nos impérialistes, libéraux, francs-maçons, canadiens faussement *saxonnant*, comme dirait notre brave interlocuteur avec quelque amertume, sont pour la Grande Bretagne, chez nous, des champions bien compromettants. Les Anglais à sens rassis s'en rendent bien compte; même ne se gênent pas autrement pour le dire ou pour l'écrire à bon entendeur. J'ai là sous la main *Le Chronicle* où, au sujet des fêtes du troisième centenaire, le Rév. Frédéric-Georges Scott dit que « bien peu de Québecquois désirent la réalisation du projet de la statue à l'Ange de la Paix sur le bastion du Roi ». Et le Révérend suggère d'employer plus sagement les fonds recueillis à cette fin, à la reconstruction de la porte Saint-Jean, d'après le vieux style français; il veut, en outre, que les champs de bataille ne perdent pas leur caractère historique et primitif, surtout pas d'avenues *King Edward* ou *Laurier*; enfin pas de bancs, ni pots de fleurs, ni plantes à l'endroit où s'est réglé dans le sang le sort de tout un continent. Un autre ne peut supporter qu'on rebaptise un endroit universellement connu et il trouve saugrenue l'idée de la création d'un *Parc des Batailles* jointe à celle de la célébration du troisième centenaire de la fondation de Québec. Un troisième enfin estime que l'idée de la statue à l'Ange de la Paix qu'on hisserait sur le bastion du Roi a dû germer dans les murs de Beauport et il conclut assez judicieusement que « trop de parades et de discours sur la paix sont généralement des préludes de guerre. »

---

les Etats-Unis de la Nouvelle-Zélande, tous liés les uns aux autres par des liens communs et fraternels, *unis aussi à leur commune mère par une loyale reconnaissance*, sans lui être politiquement soumis ». On ne saurait mieux dire; et les étudiants d'Oxford applaudissaient les conclusions si élevées de l'éminent professeur. Pourquoi donc le peuple anglais s'étonnerait-il que les Canadiens-Français restent fiers de leur ancienne patrie, lui demeurent attachés « par une loyale reconnaissance », par les liens si forts des souvenirs historiques et d'un fidèle patriotisme? Ces sentiments, que rien ne déracinera du cœur des Canadiens, n'ont jamais nui à leur « loyalisme ». (J. Lionnet, *Etudes religieuses*, 5 mai 1908).

LE SOLLICITOR

Raison de plus pour retenir que les Anglais exempts d'un *jingoïsme* provocateur et gardant quelque sang-froid à la veille de fêtes qui troublent tant de cœurs en soulevant les plus légitimes réserves, protestent comme les catholiques Canadiens français contre l'inconvenance de projets dont lord Grey se flatte d'êtré le promoteur indiscret.

LE PROFESSEUR

L'intérêt supérieur du Canada, intérêt qui dépasse de cent coudées les coupoles et les clochers, et qui, seul, doit inspirer chez nous les individus aussi bien que les collectivités, sans exception de partis ni de races, est la *paix canadienne* par la réconciliation sincère de tous les habitants de ce pays jeune, bien doué, maître d'espaces immenses et riches, inaccessible par la plupart de ses frontières et ainsi maître absolu de son avenir grandiose s'il sait seulement concevoir un idéal patriotique commun à tous, mais réalisable sous la haute protection d'un suzerain magnanime.

LE DIRECTEUR

De l'impérialisme tout cru !

LE PROFESSEUR

Appelez la chose, cher Monsieur, comme vous le voudrez ; mais cette réconciliation, que les mieux inspirés parmi nous appellent de tous leurs vœux en y travaillant de toutes leurs forces, est bien la seule chose réellement opportune et nécessaire à la durée comme à la grandeur de notre confédération canadienne. Il y a des nécessités qu'on subit mal gré, à supposer que celle-ci puisse paraître, même à des esprits chagrins, une calamité ! Il y en a d'autres qu'on accueille bon gré quand elles sont véritablement, comme c'est le cas, une source de paix, de force et de liberté.

LE SOLLICITOR

Vous en étiez prévenu, M. le Directeur; mon compagnon
est un homme charmant, qui a certainement tout pour plaire,
sauf quelques idées à lui, qui, par exemple, nous mettent aux
prises jusqu'au dissentiment complet : ce qui, en des discus-
sions courtoises, ne tire pas autrement à conséquence. L'U-
niversité Laval vous déforme ainsi parfois, à certains égards,
le meilleur homme du monde et vous fait, par exemple, d'un
Canadien français, que rien n'y prédisposait, un impérialisant-
saxonnant, qu'on me pardonne tant de franchise! parfaitement insupportable.

LE PROFESSEUR

Ah! mon cher ami, ne vous gênez plus.

LE SOLLICITOR

Merci de la liberté permise! Aussi bien, n'est-ce pas, en
usez-vous en séance publique, en comité privé : Vous faites
de la propagande pour l'oppresseur; j'en fais beaucoup moins
pour l'opprimé; et, que je le fasse sans frein, c'est du droit
élémentaire et du devoir strict. Les libéraux, les francs-maçons, les mille conjurés qui se coalisent en sociétés plus secrètes les unes que les autres, les jingoïstes anglicans, les
impérialistes tout venant, ayant goût de terroir, entonnent à
l'unisson et à chaque coin de rue des hymnes à leur paix;
pour peu qu'on s'y prêtât ce n'est plus seulement sur les
bastions du roi qu'ils hisseraient *leurs* Anges de la Paix;
ils nous en fourreraient un dans chaque cœur ouvert, s'il était
susceptible de s'inspirer du passé douloureux pour préparer
l'avenir indépendant.

Il faut bien en convenir : le patriotisme dont ils se réclament et qu'ils étalent pompeusement, n'est chez eux qu'un
égoïsme raffiné. Ils donnent ce qu'ils n'ont plus pour obtenir

ce qu'ils désirent. Il y a beaux jours, en effet, que ces esprits avisés, débarrassés de scrupules honnêtes, ont sacrifié notre passé avec ses gloires nimbées des tristesses qu'engendrent la plus dure servitude. Je me trompe; ils ne l'ont pas sacrifié à proprement parler; ils le troquent contre les faveurs à venir dont dispose le maître lointain. Ils se font fort de réduire à la résignation l'opposition catholique franco-canadienne; ils promettent d'y aboutir par force, par ruse ou par persuasion, mais d'y arriver coûte que coûte; et dès cette heure, la main tendue, ils réclament au maître discrédité jusqu'à la détresse, en considération et en puissance, le salaire dû pour leur entreprise ingrate.

Mais, remarquez-le bien, la condescendance de ce libéralisme opportuniste est chose locale et de circonstance. Les *Impérialisants*, si débonnaires dans la province de Québec où ils manquent de prestige et de clients, se montrent ombrageux et féroces dans le Manitoba, dans l'Ontario, dans l'Alberta, dans le Saskatchewan et l'île du Prince Edward, dans la Nouvelle Ecosse et le Nouveau Brunswick.

Le libéral-impérialisant est, voyez-vous, en puissance sinon déjà en œuvres, parjure ou renégat. Pour vous en convaincre, jugez donc ces hommes à leurs actes, comme on aime à juger un arbre d'après ses fruits. Ils vous parlent à satiété de tolérance, de paix, de justice, d'égalité et de liberté; mais où donc exercent-ils toutes leurs belles vertus? Où se livrent-ils de bonne grâce à leurs jeux inoffensifs de bonne société? Dans la province de Québec les Canadiens français, catholiques, sont l'immense majorité. S'ils y rendaient œil pour œil, dents pour dents, et s'ils se souvenaient! de quoi donc déjà ne seraient-ils pas capables et que ne feraient-ils pas demain? Parler libéralisme, pacifisme, impérialisme à ces masses résolues et fières, à ce flot montant qui peut tout entraîner et tout briser à volonté, c'est plaider coupable, c'est battre en retraite; c'est, le cœur en émoi, demander grâce; c'est plus encore et pire, c'est louvoyer et ruser, c'est chercher à canaliser pour dompter ou détruire les forces dont il faudrait tirer gloire mais qu'on redoute! Pourquoi? Cette manœuvre fratricide de la part de nos Canadiens français invertis est à mes yeux la dernière des trahisons; je n'en connais point de plus pitoyable. Que dire de ce qui se passe dans les provinces et territoires où Français et catholiques se trouvent en minorité! Là, tient-on les mêmes propos? Point! Pas de conciliation ni de compromis; mais de l'oppression systématique, rageuse, implacable. Il faut élever des digues contre l'envahissement du Français abhorré, proscrire ses idées, sa langue, ridiculiser ses mœurs, ses origines; il faut surtout combattre en lui le papisme agressif; il faut affirmer la prépondérance britannique par l'usage exclusif de la langue anglaise, des méthodes anglaises; par l'affirmation pressante et constante des droits et des intérêts anglais, auxquels tout doit être soumis ou subordonné. Cette rage d'opprimer les minorités sans trêve ni merci va jusqu'à refuser aux Français catholiques non seulement des écoles libres, qu'ils réclament à bon droit, mais à leur imposer des écoles neutres où les enfants catholiques, sans défense morale à un âge si tendre, sont livrés à des maîtres hérétiques, se donnant la mission, à moins qu'on ne la leur impose, de troubler les consciences et de gagner à l'impérialisme les âmes dérobées au catholicisme qu'on dit réfractaire!

Nous nous défendons d'être dupes après avoir été, des siècles durant, victimes pitoyables d'une domination barbare. Qu'il s'en pénètre bien, et il l'est déjà efficacement : le Canadien français a pour lui la terre qu'il façonne, l'autel qu'il aime, le foyer qu'il peuple et fait essaimer sans relâche; il est la tache d'huile répandue et qui se répand; il est le souffle d'un continent; il est la vie d'un peuple nouveau, qui sans rien perdre des qualités précieuses de l'ancêtre, toujours vénéré, s'est assimilé des mérites ambiants qui doublent sa force de résistance dans la voie d'un progrès incessant.

Le peuple que je vois ainsi étonnamment doué pour le « faire par lui-même » n'a donc que faire d'être libéral, ne voulant rien sacrifier de ses traditions ou de ses espérances. Il déteste les francs-maçons et les conjurés, prétendant grandir honnêtement au grand jour comme il vécut péniblement au grand air; il n'est pas *impérialiste*, parce qu'il pense toujours à ce dont il ne parle guère; il n'est même pas *fédéraliste* convaincu, parce qu'il compte bien par la force du progrès méthodique établir enfin, à son avantage, l'unité qu'on n'a pu réaliser contre lui. Le Canada fut français à son aurore, il le redevient dans l'épanouissement de son être national et il le restera jusque dans la tombe, s'il faut y descendre jamais, à l'exemple des individus chaque jour, et des peuples disparus au cours des siècles écoulés.

LE DIRECTEUR

C'est bien tels que nous aimons nous figurer nos frères d'Amérique, et tels que nous voudrions être encore de nos jours dans la mère-patrie. Nous sommes calomniés, combien dédaignés! L'ennemi héréditaire, enfin rassuré par le recul infâme de notre natalité, ricane à la porte de nos foyers en attendant qu'il les envahisse. Ostensiblement il inventorie nos biens meubles et immeubles; il suppute le rapport de la liquidation qu'il provoquera, s'il le faut.

A ceux qui objectent les aléas de l'opération, l'Allemand répond par le dénombrement des masses qu'il peut jeter sur un troupeau décimé par le vice, ajoutant, pour se donner du cœur à la besogne, qu'il est des mauvais exemples qu'il faut dérober à la vue des nations honnêtes!

Les Germains semblent avoir quelque raison à tenir ce langage : l'Allemagne gagne 800,000 âmes bon an mal an par excédent de natalité; et la France, après des gains de plus en plus faibles, mais d'importance relative peu appréciable, en arrive, en 1907, à 20,000 décès excédant le chiffre des naissances. Voilà la plus détestable des déroutes dont personne ne doit se dissimuler les effets désastreux. C'est en reportant les yeux sur le Canada, qui prodigieusement se peuple, que nous nous demandons pourquoi les Français ne font plus sur les bords de la Seine, du Rhône, de la Garonne ou de la Loire ce qu'ils réalisent avec tant de sincérité et de bonheur sur les bords du Saint-Laurent.

Ils ne le veulent point parce que leurs espérances, qui se perdaient naguère dans l'avenir reculé jusque dans les cieux, se sont repliées pour se borner, dans le temps, aux aises, aux plaisirs. Oui, le Français, parce qu'il a cessé de croire, a cessé de grandir. Mais connaissant le mal et le remède, nous nous disons : rendons-lui, ici, la foi de ses pères; cette foi qu'il a gardée si précieusement là-bas, et la vieille France, à l'exemple de sa fille américaine, de nouveau prospère et rayonnante, en imposera bientôt à ses pires ennemis.

Nos maux sont patents; le Canada y échappe et je l'en félicite. J'admire surtout un homme qui, comme votre vaillant et si jeune député Lavergne, emporté par sa foi et par son ardeur, va plaider jusque dans les citadelles ennemies la cause des catholiques opprimés.

LE PROFESSEUR

M. Armand Lavergne est, en son genre, un bon apôtre. Il y avait, certes, du mérite de sa part à s'en aller, fût-ce sous les auspices du *Canadian Club de Sainte-Catherine*, jusque parmi ses adversaires de l'Ontario, soutenir le programme des Canadiens français qu'il défend avec tant de succès dans la province de Québec.

LE SOLLICITOR

Il avait à cœur de remettre en la mémoire des anglo-protestants le rôle exact et la situation exceptionnelle que les Canadiens français tiennent dans notre Confédération, toutes choses qu'ils oublient facilement dans l'établissement des droits résultant de charges et d'obligations communes. A

Sainte-Catherine son auditoire était presque exclusivement anglo-protestant. Ce n'était pas fait, certes, pour l'intimider. A ces contradicteurs possibles il affirma fermement que l'égalité des races étant à la base de la Confédération de l'Amérique du Nord, le respect des droits qui en découlent pour chacun est la condition essentielle de son maintien comme de sa durée pacifique.

Il y avait un rapprochement à faire, des comparaisons à établir, des conclusions à prendre; il n'y manqua pas. Les Canadiens français catholiques sont la majorité immense dans la province de Québec; en ont-ils été le moindrement incité à accabler la minorité anglo-protestante? Non pas, constata M. A. Lavergne : nous avons accordé à cette minorité, jadis intolérante, non seulement une pleine mesure de justice, mais le traitement le plus généreux que jamais minorité ait reçu d'une majorité; et par contre, nous nous sommes vus dépouillés de nos droits partout où par le nombre nous n'étions pas en mesure de les imposer; ce triste sort a été le nôtre jusque dans l'Ontario où nous fûmes victimes d'attaques acharnées, d'une violence excessive.

Nous ne voulons pas plus, ajoutait le vaillant conférencier, de vos écoles neutres que de vos écoles protestantes; notre premier devoir, comme peuple conscient de sa force et de ses droits, est de conserver notre identité nationale et les nobles traditions « sans lesquelles nous estimons que la vie ne vaut pas la peine d'être vécue. » Et s'adressant à ses auditeurs anglais, il leur demandait si, de bonne foi, ils estimaient équitable que, dans un pays où les deux langues sont officielles, le français fût traité comme il l'est, par exemple, dans les écoles de l'Alberta et de la Saskatchewan.

Il y a, pendantes, beaucoup de questions ardues, par lesquelles sont divisées les deux races qui grandissent côte à côte sur ce sol prédestiné à la liberté. M. Lavergne les connaissait et il les aborda, si brûlantes et dangereuses qu'on se plaisait à les dire. C'est que, jusque-là, on n'osait y toucher;

en certains milieux, qu'avec des précautions oratoires infinies.

S'agissait-il d'autonomie, M. Lavergne dit avec une crânerie superbe : que les Canadiens français en étaient les partisans convaincus, qu'ils voulaient cette autonomie sous toutes ses formes et de toutes leurs forces ; mais que, par contre, ils repoussaient résolument une union plus intime avec les provinces, de même que la fédération impériale, ou toute autre formule tendant à resserrer le lien impérial rattachant la colonie à la métropole. A qui voulait savoir ce que signifiait l'opposition franco-canadienne à ce resserrement d'attaches peu désirable et ouvertement repoussé, il déclara sans réticences : que vouloir renforcer nos liens serait en précipiter la rupture ! Si on cherche la paix nationale, si on veut en étendre les bienfaits, en prolonger le régime, qu'on se mette bien en tête qu'il faut identité de droits et de devoirs pour les Anglais et les Français canadiens ; que si ceux-ci étaient pressés par ceux-là de payer l'existence de la Confédération par le sacrifice de leurs traditions ancestrales, de leurs prérogatives comme race ayant droit à la vie, ils briseraient plutôt la Confédération elle-même.

On ne pouvait être ni plus explicite, ni plus ferme.

Que fit donc l'auditoire composé d'Anglais et de protestants ? Il applaudit ces déclarations loyales et raisonnables et vota d'unanimes remerciements à l'orateur.

La presse locale souligna la bonne tenue des auditeurs de M. Lavergne, louant le beau talent du jeune et brillant polémiste catholique « devenu l'un des hommes en vue de la politique fédérale. » Ainsi s'exprimait le *Star Journal*, tandis que le *Daily Standard* se montrait de son côté enthousiasmé : « M. Armand Lavergne enchante, dit-il, le *Canadian Club*; « *The French Canadian in Confederation* », tel fut le sujet d'un discours exceptionnellement habile et intéressant, donné par ce député qui compte parmi les membres les plus distingués de la Chambre des Communes. » « Ce Canadien français, fort éloquent, possède une intelligence exceptionnelle et il est doué d'un grand charme personnel. C'est, ajoute-t-il, un de ces hommes comme les Canadiens aiment à en entendre — un homme qui a ses convictions. Les convictions de M. Lavergne peuvent ne pas plaire à tout le monde, mais elles sont d'une telle nature que, quand on les a entendu exprimer par cet orateur de talent, elles deviennent, sur plusieurs points essentiels, les convictions de tous. L'orateur paraît bien, sous son aspect d'adolescent, ce qu'il est en réalité : le député de vingt-sept ans qui compense par son talent d'homme d'État et sa remarquable intelligence ce qui lui manque en années. »

Et l'éloge continuait ainsi, intarissable ! C'est fait pour con-soler M. Lavergne des mesquines critiques des libéraux, ses frères d'origine, qui, de tremblements en compromis, n'iraient avec aplomb qu'à l'irrémédiable déchéance.

LE DIRECTEUR

Ah ! vos libéraux ! Ils valent bien les nôtres ! Ils ont avec nos Dreyfusards plus d'un point de ressemblance. Vous êtes-vous occupé de ce maire stupéfiant qui trône aux portes de Paris, à Suresnes ! C'est, comme Émile Combes, un renégat à qui le froc, bien qu'aux orties, laisse des sensations cuisantes qui le font rager. Pour s'en défaire ou pour s'étourdir il n'est sacrilège qui ne le tente. Comme Combes, qui a revendiqué la chapelle du collège de Pons, où il communia jadis en surplis et avec ferveur, dans le seul but, dit-on, de supprimer ce témoin muet de ses anciennes défaillances cléricales, ainsi le maire de Suresnes fit abattre l'église de sa commune et son clocher ; quant aux cloches, qui invitèrent, des siècles durant, les fidèles au recueillement, il en trouva, selon lui, un emploi *judicieux !* Il les fit fondre, en tira un buste pour Zola. L'inspiration était déjà étrange ; le choix de l'empla-cement du monument projeté ne le fut pas moins, mais combien symbolique et vengeur ! Une fosse d'aisances en un coin libre avait été comblée ; la bonne aubaine ! Pour désinfecter le lieu on y plaça le buste sacrilège de Zola, du *Père Jaccuse,* sauveur de Dreyfus ! le stercoraire enfin qui, par l'égout, gagna le sous-sol du Panthéon !

A Québec vous n'en êtes pas encore là, mais certains vous y poussent ; vous en approchez [1].

Pour votre *Tricentenaire* que veulent donc vos libéraux ? Un Ange de la Paix sur le bastion du Roi ; et le *Parc des Batailles* à tracer sur les lieux immortels où entre Wolfe et Montcalm, le 13 septembre 1759, se décida le sort d'un continent. Le terrain convoité n'est pas acquis, le sera-t-il jamais ? Et si on se décide, le terrain qu'on demande est-ce du moins le sol qu'arrosèrent de leur sang tant de héros couchés en un jour dans une tombe glorieuse ?

Les terrains en vue, et qu'à tort on appelle Plaines d'Abraham, sont en grande partie les Buttes à Neveu et le champ de course. Cependant, ce n'est point là que les armées en vinrent aux mains. Les archéologues ont prouvé que le champ

---

1. Les fêtes que la ville de Québec se proposait d'offrir à la mémoire de Champlain, et conséquemment, aux héros français qui illustrèrent ses champs glorieux, devaient être des fêtes historiques, franco-canadiennes et catholiques, exemptes de provocations et de bassesses.

L'Angleterre ne pouvait goûter le projet en lui-même, parce qu'elle y voyait la glorification du présent heureux comparé au passé mortifiant de la *race inférieure* du Canada, comme les Anglais protestants qualifient aimablement les catholiques français de la Confédération de l'Amérique du Nord. De semblables fêtes devaient fatalement, à ses yeux, exalter le particularisme de ses sujets franco-canadiens et elle jugea opportun, sans entraver l'entreprise ouvertement, de lui imprimer d'autres allures et de lui donner des significations plus conformes à ses vœux comme à ses intérêts dans un pays où le loyalisme seul assure encore sa domination.

Pour arriver à ces fins, il fallait faire perdre de vue la fondation de Québec elle-même pour concentrer tout l'intérêt de l'évocation historique sur la période tragique où Anglais et Français, étant aux prises, décidèrent le sort du pays sous les murs de Québec. Dès lors, il ne serait plus question qu'incidemment de Champlain et des origines de Québec, et il ne s'agirait particulièrement, dès lors, que d'évoquer les ombres de Wolfe, de Montcalm et de leurs compagnons. Or, Wolfe et ses régiments ayant remporté la victoire et conquis le pays, c'était à eux que revenait la plus forte part des hommages, à la Grande-Bretagne tout le profit de la fête.

de batailles, le vrai, est couvert de constructions qu'il faudrait abattre et que le Parc National, cher à Doughty, se déroulerait, d'une façon pittoresque peut-être, non pas sur un champ de *navets*, mais dans un champ de *pacage à vaches*, assez sensiblement éloigné du *champ d'honneur* qui intéresse l'Histoire et la nation.

De cette méprise topographique on aurait pu rester victime sans le travail de M. Doughty, qui rappelle fort bien et détermine exactement les positions respectives qu'occupaient les belligérants dans les fameuses plaines d'Abraham. Ces plaines, encombrées actuellement de bâtisses variées, nul ne songe à les exproprier, du moins pour le moment et à l'occasion du *Tricentenaire*; il y aurait trop à faire vraiment! Pour faciliter la tâche entreprise, pour imposer surtout le projet et faire faire du chemin à la souscription nationale, qui ne sera pas infructueuse pour tous, croyez-le bien, on a tout simplement déplacé le champ de bataille et faussé l'histoire : c'était plus commode, certainement, que de déplacer une partie de la ville récalcitrante. Il arrive, de cette façon, ceci de sur-

---

Albion ne prétendait pas à plus, mais elle n'exigeait pas moins; et les libéraux canadiens, travaillés par les francs-maçons qui reçoivent de Londres des mots d'ordre précis, se prêtèrent si bien à la suggestion impérialiste, que le programme primitif a complètement fait place au programme britannique venu de Londres!

Ce programme officiel et impératif, qui fait autant gémir que rougir les vrais Canadiens, met au premier plan le *Parc national* relégué naguère et combien timidement! au dernier plan; il prévoit une Adresse en anglais, que lord Grey lira au prince de Galles qui lui répondra en anglais, on se doute bien sur quel sujet et dans quel esprit! Sir Wilfrid Laurier, le Grand Canadien, prononcera un discours, en anglais naturellement, mais en pensant en français, ce qui lui est très familier! Il y aura une revue navale, aussi une revue militaire, puis on inspectera les flottilles; tels seront les préludes des simulacres de bataille navale et du bombardement de la ville, suivi de la *prise de Québec*, doux souvenir! Façon de rappeler à ces Français qui voulaient fêter leurs gloires et leurs espérances, qu'il ne faut pas se donner le change ni se tromper; que le maître n'est ni loin ni distrait, et qu'il garde de quoi donner des leçons et inspirer le respect.

Les Canadiens français ne sont pas plus distraits que les voisins et, sans doute, rappelleront-ils un jour aux Anglais qu'il y a des manières de s'imposer qu'on endure, mais qu'on n'accepte pas.

prenant : premièrement, que de tout le vaste plateau qui vit les ancêtres aux prises, et qui s'étend hors de l'ancienne enceinte de Québec, seuls la falaise qui couronne le promontoire vers le fleuve, les Buttes à Neveu et les terres environnantes ne virent point ces guerriers fameux, ne burent non plus leur sang généreux ! Le terrain n'était pas stratégique en cette occurrence, et pour ce motif il dut être évité par Wolfe tout particulièrement. Or, c'est cette terre, vierge de la gloire qu'on lui prête, qu'on transformera en *Parc National* ! Deuxièmement, que, par contre, ô ironie ! ce terrain fut réellement et peu de mois après, témoin des exploits de Lévis et de la défaite des Anglais ! Ce n'est pas cette déconvenue cuisante, je le suppose, que, par supercherie, vos impérialistes veulent faire célébrer par les Anglais tout en s'appliquant à en perpétuer la mémoire !

LE SOLLICITOR

C'est déjà énorme, ce qui nous arrive là ; mais il y a plus fort. On ne devrait pas oublier que dans l'acte fédéral, relatif à l'expropriation des terrains nécessaires au tracé du *Parc National*, on lit textuellement : « La Commission pourra acheter, acquérir et posséder les terrains et propriétés immobilières dans la Cité de Québec ou ses environs, *où les principaux engagements ont eu lieu et qui furent occupés par les différents états-majors des armées respectives sur le champ de bataille* ».

Le Parlement autorise ainsi, non pas l'acquisition de terres quelconques qu'on adaptera selon le bon plaisir de quelques-uns à des convenances politiques sous des dehors historiques, fallacieux ; mais rien que les terrains indiscutablement historiques et seulement ceux où se déroulèrent les batailles de 1759 et 1760 qu'on tenait à remémorer dignement. Ceci rappelé, il m'est bien permis de demander à quoi tend cette souscription nationale qui ne devrait servir qu'à assurer à la Patrie un souvenir réel, palpable et poignant, capable de faire battre les cœurs généreux là même où finirent glorieusement nos aïeux immortels, et qui n'arrivera notoirement qu'à la charger, au lieu du champ de bataille rêvé et promis, que d'un parc à vaches sans honneur comme sans histoire !

Est-ce une escroquerie nationale en marche ? ou plutôt n'est-ce que le prétexte éphémère inventé par les impérialisants-saxonnants pour s'immiscer dans des fêtes canadiennes, chères surtout au cœur des Fraçais, — à qui le temps ménage de si belles revanches, — pour les transformer et les dénaturer à leur profit ?

LE DIRECTEUR

Au fond, Messieurs, il est prodigieux tout à fait de voir avec quelle aisance les Anglais, la race soi-disant *supérieure* au Canada, s'amusent et se moquent des Canadiens français, vos frères.

Voilà en effet de très braves gens, de l'aveu de tous, incapables de faire du mal à une mouche loin de tirer jamais dans le dos de leurs oppresseurs, alors même que ceux-ci se trouvèrent aux prises avec des adversaires redoutables et parfois triomphants, à qui vint un beau jour la noble pensée d'honorer leurs ancêtres. Le printemps de 1908 à leurs yeux s'y prêtait à merveille. Jugez donc : Samuel de Champlain, il y a trois siècles exactement, après avoir déjà, le 15 mars 1603, touché à Tadousac et remonté le Saint-Laurent jusqu'au saut Saint-Louis, s'en revenait de France au Canada avec de pleins pouvoirs. Le 3 juin on le revit à Tadousac qu'il quitta bientôt, lui préférant comme site d'avenir un lieu dit Québec où il s'installa cette année même : une ville nouvelle était ainsi fondée et, dès 1609, Champlain en inaugura l'histoire en battant les Iroquois. Voilà la date historique.

Samuel de Champlain, lieutenant général de la Nouvelle France, ne faisait qu'organiser et administrer les territoires découverts par Jacques Cartier dès 1534 et 1535; à l'occasion, que les étendre. Aussi, avec juste raison, les souvenirs de Cartier et de Champlain se confondent dans vos cœurs reconnaissants. On ne pouvait donc qu'approuver les Canadiens français de tirer gloire de ces hommes illustres, de vouloir les célébrer tout en exaltant les résultats acquis de leurs œuvres et en remémorant leurs hauts faits.

Mais ces hommes fameux, représentants d'une majesté catholique, fils aîné de l'Eglise, étaient catholiques ardents. Les Canadiens français ne leur ont point fait tort dans la suite; car, en face du maître hérétique, ombrageux et pressant, malgré les promesses et les menaces, malgré la servitude et l'oppression, ils sont restés fidèles au souvenir de leur ancienne mère-patrie, attachés surtout au culte de leurs pères; si bien qu'en des fêtes paisibles, ils voulaient chrétiennement se réjouir de leur passé, prendre acte du présent et tendre fortement vers l'avenir qui leur sourit avec des grâces et des séductions infinies [1].

---

1. Lettre de S. S. Pie X, à l'occasion des fêtes de la fondation de Québec :

A nos Vénérables Frères, Louis-Nazaire, Archevêque de Québec et autres archevêques et évêques de la puissance du Canada.

Vénérables Frères, salut et bénédiction apostolique,

Il est très juste et très opportun de célébrer à des époques fixes et convenables les immortels bienfaits ou les grandes actions des ancêtres : la piété elle-même et la reconnaissance nous y invitent, et ce rappel des hautes vertus nous avertit aussi et nous persuade de travailler tous à l'œuvre commune de la prospérité commune.

C'est ce devoir de gratitude que vous allez accomplir, nous semble-t-il, au mois de juin prochain, à l'occasion du troisième centenaire de la fondation de Québec, et du deuxième centenaire de la mort de François de Montmorency-Laval. Certes, si l'on songe à la grande âme du héros, et à l'importance de la ville de Québec, il est évident que la noble nation canadienne a bien raison d'honorer par de spéciales démonstrations la mémoire de ce double événement. Et l'on ne s'étonne plus que même en dehors de votre pays, il y ait un si grand concours des volontés pour faire que ces fêtes que l'on prépare soient, comme il est dès maintenant permis de le prévoir, très solennelles et très brillantes.

Mais de ce concert de joie des fils reconnaissants, Nous ne voulons pas que Notre voix soit absente : l'affection toute particulière et les rela-

A vrai dire, la célébration du centenaire de la fondation de Québec devait être strictement religieuse, civique et locale.

Pourquoi ce caractère confessionnel, en quelque sorte intime, s'est-il modifié et rapidement transformé pour faire place à un programme plus vaste, aux allures impériales, avec étalage pompeux de troupes et de bateaux sous l'œil inquisiteur d'un prince qui personnifie la conquête et confirme la sujétion? Pourquoi a-t-on négligé finalement la seule raison d'être des fêtes : la fondation de Québec, pour ne s'arrêter qu'aux faits plus récents qui remettent dans l'esprit des Cana-

---

tions étroites qui nous unissent à vous ne le peuvent permettre. Telle est, en effet, votre vie historique, que, capables de rivaliser dans les choses de l'activité civile avec les nations les plus avancées, vous ne le cédez à aucune quand il s'agit de sauvegarder la religion des aïeux. Nous savons que dans votre pays, grâce à Dieu, fleurissent et prospèrent les institutions chrétiennes, et que ce n'est pas seulement la vie privée qui y est pénétrée de l'esprit catholique, mais encore, comme il convient, la vie publique, et même l'organisation et le gouvernement de l'Etat. Au surplus, l'Eglise, chez vous, jouit d'une liberté plus grande peut-être que partout ailleurs; et Nous Nous plaisons à reconnaître là, en même temps que le courage et la persévérance des citoyens catholiques, la juste influence du régime britannique.

Mais ce qui Nous est plus particulièrement agréable, c'est votre piété pour Notre personne. Si, en effet, vous avez des preuves manifestes de la bienveillance du Pontife Romain pour vous, Nous ne pouvons douter, Nous aussi, de l'affection et de l'obéissance dont vous honorez le Vicaire de Jésus-Christ. Nous en avions un témoignage bien éloquent, il y a quelques années, quand fut attaqué par des armées ennemies notre domaine temporel, alors que la jeunesse canadienne accourut nombreuse et la première auprès du Pontife, prête à donner sa vie pour défendre les droits du Siège Apostolique.

Mais quand nous louons ainsi les vertus du peuple canadien, une large part de ces éloges doit aller à vous, V. F., à votre clergé et à tous ceux-là parmi les laïques, qui travaillent avec vous à défendre et à faire prospérer les intérêts de la religion. C'est, en effet, d'une part, votre vigilance et votre sollicitude, et d'autre part, l'activité très sage de ces fidèles qui font que l'Eglise du Canada conserve, toutes belles, les œuvres du passé et s'efforce de marcher vers un avenir toujours meilleur.

Aussi, vous comprenez avec quel empressement Nous prenons part à votre joie commune. Et nous le faisons d'autant plus volontiers, qu'à l'occasion de ces fêtes, on se souviendra inévitablement de tout ce que la nation canadienne, depuis ses origines jusqu'aujourd'hui, doit à la religion catholique et à l'Eglise.

Dans les plus lointains souvenirs de votre histoire apparaît et se dresse la figure de Samuel de Champlain, Français de naissance, remarquable par

diens français leurs pires humiliations et leurs plus cruelles souffrances?

Pourquoi, ô ironie! à ces fêtes travesties et données en souvenir de leur déchéance a-t-on osé convier la *race infé-rieure*?

Comment cela a-t-il pu se faire?

Qui donc là-bas a perdu de vue, et qui donc s'est trop souvenu que le Canadien français aime toujours la *Vieille France*, qu'il en a jalousement gardé la langue et le culte, comme il en reçut et transmit le caractère et les antiques vertus? Qui

---

son génie comme par son courage, mais plus encore par sa sagesse chrétienne. Chargé par le roi de France de fonder sur votre continent une colonie nouvelle, il n'eut rien de plus à cœur que de propager dans ces régions le nom du catholicisme; il estimait avec raison qu'il ne pouvait mieux servir son roi qu'en procurant la gloire de Jésus-Christ. Aussi consacrait-il tout d'abord, pour la fondation et la dédicace d'un temple, le berceau de cette ville de Québec, qui devait être comme le foyer d'où se répandrait par toutes les plages de l'Amérique septentrionale, l'influence de la civilisation chrétienne. Bientôt, animé par l'espoir d'une très abondante moisson et approuvé, certes, par ce Siège apostolique, il fit venir en France, successivement appelés les uns par les autres, des missionnaires qui travaillèrent, nous savons avec quelle ardeur, à tirer de la barbarie des multitudes d'indigènes, et s'employèrent à les adoucir et à les évangéliser. Personne n'ignore que parmi tous ces apôtres, les membres de la Compagnie de Jésus se sont particulièrement illustrés; plusieurs d'entre eux ont trouvé la mort dans l'exercice du saint ministère, la mort cruelle d'un martyr.

Mais Champlain, qui avait si bien pourvu à la conversion des habitants du pays, voulut, par une rare prudence, empêcher que la licence des nouveaux venus ne pût compromettre le succès des œuvres de la colonie. On ne permit donc pas à tous indistinctement de passer en Amérique; ceux-là seulement le pouvaient faire qui avaient donné des preuves suffisantes de la pratique des vertus chrétiennes. Que si, par hasard, des hommes perdus de mœurs s'étaient introduits dans la Nouvelle-France, on prenait soin de les arrêter et de les renvoyer dans leur pays. Admirable politique! et c'est parce que les gouverneurs français qui ont succédé à Champlain l'ont maintenue et pratiquée, qu'elle a si largement contribué, Nous en sommes convaincu, à conserver parmi les Canadiens l'intégrité de la foi et de la vie chrétienne.

De si heureux commencements ont été merveilleusement continués et agrandis par celui que la Providence choisit pour être le premier évêque de Québec. Celui-ci illustra par tant et de si grands bienfaits son long pontificat, qu'il fut en quelque sorte le créateur et l'ouvrier de presque toute cette gloire dont brillent encore aujourd'hui l'Eglise et la patrie canadienne. Arrivé, avec tout son grand courage, dans le diocèse que lui

là-bas veut oublier et qui veut montrer que, sur ces terres, nôtres jadis et que les nôtres ont fécondées, qu'un drapeau étranger flotte? Qui enfin pense mettre en doute que le sel français conserve là-bas jeune et vigoureuse une race prédestinée dont le poète dit en chantant :

> J'adore ton type historique
> Jean-Baptiste Canadien...
> Robuste corps, âme énergique,
> Issu de France, simple chrétien.

On redit cela à Québec, et le peuple ajoute avec la chanson :

---

confiait le Pontife Romain, il s'appliqua à développer les œuvres qu'il y trouva heureusement établies pour le bien public, et il travailla avec la plus grande diligence à organiser toutes celles qu'il crut opportun d'y fonder. C'est ainsi qu'élargissant beaucoup le champ des missions religieuses, il envoya par toute l'Amérique du Nord, jusqu'au Golfe du Mexique, aussi loin que s'étendait la Nouvelle-France, des hérauts de l'Evangile. Aux missionnaires, il adjoignit des religieuses qui leur furent des auxilaires précieux pour toutes les œuvres et tous les devoirs de la charité chrétienne. Soucieux de préserver les colons de la corruption des mœurs, il prit encore un plus grand soin d'écarter de leur foi tout danger. Et à une époque où un très grand nombre d'esprits, imbus de gallicanisme, manquaient de déférence pour le Siège Apostolique, François de Laval exigea que dans son diocèse la liturgie fût bien conforme aux rites romains, et surtout il inspira à son clergé l'affection, le culte qu'il professait par lui-même pour le Souverain Pontife; enfin, grâce à sa parfaite sagesse, il resserra et il affermit pour toujours cette union étroite des Canadiens avec le Pontife Romain : ce qui, Nous l'avons dit, fait toute notre joie.

Ce sont là, certes, pour votre pays, de grands bienfaits; mais Nous estimons que le plus considérable de tous, c'est ce Séminaire de Québec que François de Laval a fondé et très sagement organisé. Grâce à cette institution, l'Eglise canadienne a commencé à se pourvoir de prêtres nombreux qui, formés à la vertu et à la science, très dévoués par une charité toute fraternelle, ont rempli avec une grande piété les devoirs de leur ministère. De cette même maison sont sortis en tous temps des citoyens excellents et très instruits des choses de la vie civile. C'est par l'action de ces concitoyens, secondés par les évêques, que la nation canadienne a conquis les droits et les libertés qu'elle possède maintenant.

Il est encore debout, ce Séminaire, monument très noble de sollicitude pastorale, et il garde intact le caractère que lui a imprimé, l'esprit que lui a légué son fondateur. Cette institution est comme la mère et le modèle de presque toutes les autres, qui, chez vous, sont spécialement consacrées

>   Vive la Canadienne,
>   Vole, mon cœur, vole,
>   Vive la Canadienne et ses jolis yeux doux.

Ces yeux doux sont de France, ces braves cœurs sont de France aussi, et ils en seront toujours. C'est ce que, sur un ton plus inspiré, le poète, dans une autre chanson canadienne, vous murmure :

>   Pour saluer l'orgueil des drapeaux outragés,
>   Qui flottent solennels dans les grands jours de fièvre,
>   Elle sait l'art des chants tragiques et légers,
>   Et les fiers souvenirs frissonnent sur sa lèvre.

à l'éducation de la jeunesse ecclésiastique. Mais il faut surtout rappeler — puisque c'est là le plus beau titre de gloire du Séminaire de Québec — que de ce Séminaire est né, sous les auspices du Siège Apostolique et de l'épiscopat canadien, l'Université Laval, sanctuaire insigne de la science et forteresse de la vérité catholique.

Enfin, François Laval, nul ne l'ignore, a le premier travaillé à établir cette concorde qui, fort heureusement, existe chez vous entre le pouvoir ecclésiastique et le pouvoir politique; et c'est ce qui explique pourquoi, à l'occasion des honneurs qu'on va lui rendre, les chefs d'Etat s'unissent à vous dans un commun et unanime sentiment.

Le souvenir de toutes ces grandes choses que rappellera la solennité de vos fêtes prochaines, doit engager les fidèles de votre contrée, tous tant qu'ils sont, à rendre des actions de grâces publiques au Dieu dont la secourable Providence a fait si prospère le pays canadien; ce souvenir doit aussi les inviter à aimer d'une fidélité plus affectueuse l'Eglise qui, par ses fils les plus illustres, s'est constituée pour eux la dispensatrice des libéralités divines.

Votre autorité, Vénérables Frères, assurera l'accomplissement de tous ces communs devoirs. Vous avez recueilli, comme un héritage sacré, la dignité du très saint évêque, vous voudrez aussi, comme il convient, fixer tous les jours vos regards attentifs sur les exemples qu'il vous a laissés.

Quant à Nous, pour que vos fêtes séculaires soient des solennités utiles à toute votre nation, Nous implorons en votre faveur l'abondance des dons célestes.

Comme gage de ces dons, et aussi comme témoignage de Notre paternelle bienveillance, recevez la bénédiction Apostolique que Nous accordons très affectueusement à vous, Vénérables Frères, à votre clergé et à votre peuple.

Donné à Rome, près de Saint-Pierre, le 3ime jour de mars 1908, de Notre Pontificat, l'an cinquième.

PIE X, pape.

> Nous mettons un espoir sublime à ses genoux,
> Car c'est en bon français qu'elle nous dit : « Je t'aime »
> Vivent la Canadienne et ses jolis yeux doux [1]

Ces refrains populaires, persistant à travers toutes les vicissitudes, attestent la fidélité du sentiment canadien-fran-

---

1. Puisqu'on va honorer Samuel de Champlain comme il le mérite à tant d'égards, pourquoi ne pas joindre aux souvenirs que son nom évoque, l'image gracieuse de son admirable épouse qui sut partager ses labeurs ?

Champlain, rappelle M. G. de Montorgueil, avait fait le voyage trois fois déjà aux rives du Saint-Laurent ; il avait audacieusement reconnu le pays et projeté d'y fonder un établissement permanent, qui fut Québec. En 1610, il rentrait en France et y épousait, en décembre de cette même année, Hélène Boullé, dont le père était secrétaire de la maison du roi. La fiancée était extrêmement jeune, presque une enfant. La famille consentit à ce que la plus grande partie de sa dot fût mise à la disposition du mari pour l'armement de ses vaisseaux. Il poursuivit donc, marié, son œuvre colonisatrice qui l'éloignait du foyer souvent, ce dont la jeune femme était chagrine. Elle demanda à partager les périls et les fatigues de cette vie aventureuse. Elle avait vingt-deux ans. Son mari consentit de l'emmener en ces terres, dont la renommée était alors fabuleuse. Trois dames de compagnie escortaient Mme de Champlain.

La première femme française qui, en 1620, foulait à Québec, le sol du Canada, y fut accueillie par les colons, nos compatriotes, comme une divinité. Elle ne tarda pas à comprendre pourquoi son mari avait tant hésité à souscrire à son vœu. Le scorbut, la famine, les scènes de débauches grotesques et sales des sauvages campés autour du fort ; leurs assauts continuels qui obligeaient à les tenir en respect avec le mousquet, sous peine de les voir entrer dans la ville, rendaient ce pittoresque séjour peu enviable.

Un jour que Champlain et la plupart de ses hommes étaient absents, le cri de guerre fut lancé par les Iroquois. Les femmes et les enfants s'enfermèrent dans le fort ; le couvent des Récollets, sur les bords de la rivière Saint-Charles, fut attaqué. Mme de Champlain s'arma pour la défense et commanda à la place du maître. L'alerte passée, elle laissa les hommes à leur rôle de soldat. Elle estimait le sien différent. C'étaient les cœurs qu'elle tentait de conquérir à son pieux idéal. Elle se rendait dans les wigwams, s'y entretenait avec les sauvages, s'appliquait à les amener à la civilisation par la foi. Elle ne connaissait pas de chemin plus pratique et plus sûr.

La superstition venait à son secours aussi parfois.

Dans ses courses à travers la forêt, elle portait un petit miroir pendu au côté. Ce simple objet de toilette lui rendit de curieux services. Les sauvages ne se lassaient point de s'approcher d'elle pour s'emparer de la glace magique et y refléter le cuivre rouge de leurs figures. L'effet en était merveilleux. Ils supposaient, dans leur naïveté, que leur image escortait la dame. « Une femme aussi belle, disaient-ils, qui nous assiste dans nos

çais, et c'est à ce sentiment-là que les anglo-protestants et leurs alliés font la guerre; c'est quelque chose de ce sentiment séculaire et populaire que les impérialistes ont dû sacrifier pour que le maître les écoutât jusqu'à négocier! Transiger en matière de tradition et d'honneur, n'est-ce point trahir?

LE SOLLICITOR

Nous sommes les jouets lamentables de compromissions et de complots.

LE PROFESSEUR

C'est le cliché à la mode dans le clan catholique : Si le tableau qu'on fait de la situation est sombre, c'est qu'à dessein, ou par une neurasthénie, *sui generis*, on en charge les couleurs outre mesure.

Je vous le demande, Messieurs, en toute sincérité : Pour-

---

maladies et porte près de son cœur le visage de chacun de nous est plus qu'une créature humaine. »

Et les bénédictions et les présents l'attendaient sous la tente dès qu'elle y pénétrait.

Cependant les alarmes quotidiennes, la solitude, l'isolement, après quatre ans, eurent raison de cet apostolat. Elle eut la nostalgie du ciel natal. Une maladie de langueur l'obligea au retour. Un 15 août 1624, Québec, désolé, voyait s'éloigner la barque à la blanche carène, qui emportait la captive vers des pays moins monotones.

Samuel de Champlain aussi revenait en France pour demander, en personne, les fonds nécessaires au développement de la nouvelle colonie. Il les obtint, retourna au Canada, fortifia Québec; avec 200 colons, y tint tête aux Anglais qui, naturellement, prétendaient déjà s'emparer du fruit de ses luttes; réduit par la famine, sans troupes suffisantes, il dut leur céder une première fois. Richelieu, heureusement, était acquis à cette politique; quelques revers, imputables aux tâtonnements du début, ne l'en détournaient point.

Un contrat original fut passé par le fameux ministre, au nom du roi, et les bourgeois de Dieppe, pour l'envoi de 300 colons. Ce document est, en quelque sorte, la charte de fondation du Canada.

1º Les associés s'engagent à faire passer au Canada, dès l'année 1628, 300 hommes de tous métiers;

2º A entretenir trois religieux destinés à s'employer à la conversion des sauvages et à faire la consolation des Français;

3º Le roi donne aux associés, pour les couvrir de leurs frais à leurs hoirs

Causeries.   8

quoi Français et Anglais resteraient-ils plus divisés sur les
bords du Saint-Laurent, qu'ils le sont encore sur ceux de
la Seine ou de la Tamise ? Notre pays ne peut-il bénéficier
à son tour de la paix franco-britannique aujourd'hui domi-
nante ?

LE SOLLICITOR

Il ne faut ni déplacer la question, ni l'étendre au-delà des
limites que comporte l'incident.

La diplomatie universelle de deux nations avec ce qu'elle
a de commun ou de contraire est une chose, et notre histoire
locale avec ses convenances et ses enseignements en est une
autre : c'est spécialement de la fondation de Québec que
nous traitons et le sujet est assez complexe pour s'en con-
tenter en ce moment.

Je dis que nous sommes les jouets des coteries libérales,
judaïco-maçonniques que viennent encore compliquer les ordres du maître anglo-protestant. Ces coteries, ces sectes ou

---

ayant cause, « en toute propriété, justice et seigneurie, le fort et habi-
tation de Québec, avec tout ledit pays de la Nouvelle-France, dit Canada » ;

4º Les associés aménageront et distribueront les terres ;

5º Le roi donne aux associés le monopole du trafic pendant quinze
ans ;

6º Le roi fait don aux associés de deux vaisseaux de guerre, de deux
à trois canons ;

7º Les artisans qui auront demeuré dix ans au Canada, pourront tenir
boutique ouverte à Paris ou dans toute autre ville ;

8º Les Français qui demeureront au Canada, ainsi que les sauvages
qui seront amenés à la connaissance de la religion catholique seront ré-
putés Français et jouiront de tous les droits accordés aux Français.

Avec une population française qui, sans cesse, s'accroissait, des subsi-
des, des vaisseaux et de l'appui du roi, Champlain, en qualité de gouverneur de Québec, allait, comme il sied à tout conquérant qui veut faire
œuvre qui dure, administrer après avoir conquis. Ce fut la seconde partie
de sa tâche : ce ne fut pas la moins belle...

Mme de Champlain s'était résignée à ne voir son mari que dans les
courts séjours qu'il venait faire en France.

Le dernier voyage de Champlain précéda celui dont on ne revient pas. Il
mourut à Québec.

Sa veuve fonda à Meaux le couvent des Sœurs de Sainte-Ursule, s'y
retira, et, dix-neuf ans après la mort de son mari, y mourut.

sociétés secrètes, qui présentement pullulent sur le sol canadien, sous un drapeau emprunté veulent imposer parmi nous *des intérêts* mesquins et des doctrines qui nous sont contraires. Je ne dis pas autre chose, et à combattre ces influences délétères les Canadiens français méritent bien de notre Patrie humiliée.

LE PROFESSEUR

Voyons! Par ces fêtes qui amèneront parmi nous tant d'hommes influents ou sympathiques, qui mettront notre pays au premier plan des actualités mondiales, a-t-on voulu vraiment, et pouvez-vous le soutenir? offenser la mémoire des ancêtres et, par la même occasion, condamner nos préférences, dissiper nos espérances, ravalées au niveau des vaines illusions! Les événements canadiens de 1758-1763 touchent la France aussi bien que l'Angleterre. Pourquoi serions-nous seuls irréductibles? et nous le sommes, puisque sans rancune la France participe officiellement à nos réjouissances.

Vaisseaux anglais et français remonteront le Saint-Laurent de conserve, ensemble ils mouilleront sur notre rade, face à Québec. N'est-il pas heureux que des fils, toujours respectueux, voient tant de rivalités, tant de haines, après des siècles d'emportement, désarmer et mourir à leurs pieds?

LE SOLLICITOR

Ce sont là des apparences mensongères, des dehors trompeurs. Que la mise en scène soit grandiose autant qu'habile, je ne le conteste pas; quant à la sincérité qui y préside, je fais des réserves formelles. Du moins, une notable partie de l'âme canadienne fait défaut, et le reste apporte dans ces manifestations des sentiments inavouables.

LE DIRECTEUR

Et pourquoi donc les Rothschild de Paris et de Londres s'in- .

téressent-ils si visiblement à ces fêtes ? Ils campent sur le vieux champ de bataille de Frontenac, dans le château qui en perpétue le nom. Là, moyennant 2,500 francs par jour, pension non comprise, ils occupent 12 jours durant quelques chambres de choix, vrais belvédères, d'où ils reçoivent l'hommage stupide des foules qu'ils se proposent de tondre avant de les asservir.

LE SOLLICITOR

Les Juifs sont déjà nos maîtres comme ils sont les vôtres : ce sont les chauffeurs emportés de tant d'autres nations infortunées. Ils se vengent, en somme, des siècles d'humiliation qu'on leur a fait subir ; à le faire sans mesure ils éprouvent une rare volupté. Juifs et francs-maçons sont frères siamois : ceux-ci servent d'éclaireurs, d'avant-garde à ceux-là qui manquent généralement de la bravoure que comportent leurs appétits. Voilà pourquoi, en pays inconnus, la loge précède la synagogue. C'est Wolfe avec ses régiments qui a fait l'œuvre de la *Truelle* au Canada, consistant à y fouler aux pieds les lis de France.

Pour nous, Canadiens français, les fêtes de la fondation de Québec se bornent aux manifestations de juin et à ce qui y ressemble ; dans tout le reste, si éblouissant soit-il, nous ne voyons que truquage et supercherie, sinon provocation intolérable.

Montcalm et Levis étaient des héros chrétiens ; Wolfe et Murray étaient l'opposé, surtout ils subissaient l'influence et les injonctions du Grand Orient de France et d'Angleterre. Chaque régiment anglais avait sa Loge particulière dont les « tenues » avaient lieu chaque mois, même en campagne. Cette organisation secrète des troupes anglaises, opposées en masses compactes aux faibles contingents de Montcalm, était dans les mains juives maîtresses des loges elles-mêmes ; elle tendait à renverser au Canada comme en France le trône et l'autel. Cette lutte contre les intérêts catholiques et français se poursuivit sans égards ni merci, sans relâche jusqu'à nos jours au profit exclusif de l'Angleterre qui commandite la franc-maçonnerie parmi nous comme tous les ennemis secrets des peuples qu'elle a intérêt à contrarier ou à maintenir dans un état d'infériorité politique, économique et sociale.

Pour les fauteurs des fêtes de juillet, l'histoire du Canada, en général, et de Québec, en particulier, ne remonte pas au-delà de 1758[1], et c'est avec le concours de la France offi-

---

1. *Programme officiel des fêtes de juillet.* — Dimanche, 19 juillet. — Démonstration au pied du monument Champlain par l'Association Catholique de la Jeunesse Canadienne-Française.

Lundi, 20. — Première apparition dans les rues de Québec du corps des hommes du guet et des hérauts d'armes à cheval.

Le soir : Ouverture du Congrès des Médecins de la langue française de l'Amérique du Nord.

Mardi, 21. — Arrivée et réception des hôtes officiels ainsi que des flottes française et américaine. Dans l'après-midi : première représentation de spectacles historiques sur les plaines d'Abraham. Le soir : concert au Manège militaire, exécution de l'Ode symphonique de Félicien David : Christophe Colomb.

Mercredi, 22. — Dans l'après-midi, arrivée de Son Altesse Royale le Prince de Galles et de l'escadre qui lui servira d'escorte. Le soir : Musique militaire sur la terrasse Dufferin, au Parc Victoria et au Boulevard Langelier. Séance solennelle de la Société Royale, consacrée à la gloire de Champlain.

Jeudi, 23. — Dans l'après-midi, arrivée de Champlain sur son vaisseau : *Le Don de Dieu.* Cérémonies officielles de la commémoration de Champlain au pied du monument; défilé du cortège historique. Le soir : Illumination des flottes et des environs de Québec, et grand feu d'artifice tiré des hauteurs de Lévis.

Vendredi, 24. — Dans la matinée : Grande revue militaire de 20.000 hommes sur la plaine d'Abraham et dédicace du *Parc des Batailles.*

Dans l'après-midi : deuxième représentation des spectacles historiques sur les plaines d'Abraham. Le soir : concert de gala.

Samedi, 25. — Dans l'après-midi : Représentation de gala des spectacles historiques sur les plaines d'Abraham, joute de crosse par deux équipes de la ligue sénior. Le soir : concert de fanfares sur la terrasse Dufferin, au parc Victoria et au boulevard Langelier; seconde exécution de l'Ode symphonique de Félicien David : Christophe Colomb.

Dimanche, 26. — Messe solennelle sur les plaines d'Abraham.

Lundi, 27. — Dans l'après-midi : Grandes régates dans le port; quatrième représentation des spectacles historiques sur les plaines d'Abraham. Le soir : démonstration navale par les flottes et combat simulé.

Mardi, 28. — Dans la matinée : fête d'enfants et spectacle pyrotechnique sur les plaines d'Abraham. Dans l'après-midi : jeux athlétiques (Gymkhana). Cérémonie officielle au parc Victoria. Le soir : bal officiel

cielle, athée et persécutrice, qu'ils entendent, d'accord avec l'Angleterre, célébrer les défaites de la France catholique et de l'Eglise romaine sur la terre vierge de l'Amérique septentrionale.

LE DIRECTEUR

Il ne faut pas prendre le change, en effet, ni devenir victime des dehors trompeurs qui vous offusquent légitimement. La France des Waldeck-Rousseau, des Combes et des Clemenceau ne saurait, en ces manifestations, bien que l'anticléricalisme ne soit pas encore un article d'exportation fort en vogue, être plus catholique chez vous qu'elle ne veut le

---

donné par le gouvernement de la province de Québec, au palais législatif.

Mercredi, 29. — Départ de Son Altesse Royale le Prince de Galles. Dans l'après-midi : cinquième représentation des spectacles historiques sur les plaines d'Abraham. Fête des enfants et spectacle pyrotechnique au parc Victoria. Le soir : Réception civique à l'Hôtel de ville.

Jeudi, 30. —Grande parade et revue des sociétés nationales ainsi que des gardes indépendantes, militaires ou nationales, canadiennes ou étrangères. Le soir : grand feu d'artifice au parc Victoria.

Vendredi, 31. — Dernière représentation des spectacles historiques sur les plaines d'Abraham.

SPECTACLES HISTORIQUES DONNÉS A QUÉBEC :

PREMIER PAGEANT. — 1535. — Jacques Cartier. — 1er tableau : La bourgade de Stadaconé.

1536. — 2e tableau : Jacques Cartier plante une croix commémorative sur les bords de la rivière Lairet; prise de possession du Canada.

3e tableau : Enlèvement du chef indien Dannacona.

4e tableau : Jacques Cartier, à la cour de François Ier, rendant compte de sa découverte.

DEUXIÈME PAGEANT. — 1608. — Samuel Champlain. — 5e tableau : Champlain recevant ses instructions d'Henri IV.

1609. — 6e tableau : Bataille du lac Champlain (1609); première rencontre du Fondateur avec les Iroquois.

TROISIÈME PAGEANT. — 1639. — Marie de l'Incarnation et les Jésuites. — 7e tableau : Arrivée des Religieuses Hospitalières et Ursulines à Québec; elles sont officiellement reçues par le gouverneur Huault de Montmagny, chevalier de Malte.

8e tableau : Marie de l'Incarnation et les Jésuites catéchisant les Sauvages.

QUATRIÈME PAGEANT. — 1660. — 9e tableau : Dollard des Ormeaux et ses compagnons d'armes au Long-Sault.

CINQUIÈME PAGEANT. — 1665. —Laval et Tracy. — 10e tableau :

paraître chez elle. Elle est prise dans l'engrenage judaïco-maçonnique jusqu'à nouvel ordre. C'est un état de choses pitoyable tant qu'on le voudra, mais dont vous devez tenir compte aussi bien qu'il nous faut, nous-mêmes, le subir.

Les catholiques français et les Canadiens, leurs frères, sont du même côté du fossé ; les libéraux et protestants canadiens, les radicaux et les socialistes français sont de l'autre, et ils

---

Mgr de Laval reçoit officiellement M. de Tracy, lieutenant général de Louis XIV.

SIXIÈME PAGEANT. — 1670. — 11e tableau : Daumont de Saint-Lusson prenant possession, au nom du roi de France, des pays de l'Ouest.

SEPTIÈME PAGEANT. — 1690. — 12e tableau : Frontenac recevant, au Château Saint-Louis, le parlementaire de Sir William Phips.

HUITIÈME PAGEANT. — 1759 et 1670. — 13e tableau : Grandes scènes finales, Montcalm et Lévis, Wolfe et Murray, avec leurs régiments respectifs, représentés dans une parade d'honneur, défilent et se réunissent dans la plaine. — Salut général des troupes auquel répondent les vaisseaux de guerre par des salves. Groupement de tous les personnages historiques du Cortège et des Pageants.

I. — Hommes du Guet et Hérauts d'armes.

II. — Jacques Cartier accompagné de ses 110 marins précédés d'une croix aux armes de France.

III. — François Ier, roi de France, et sa cour.

IV. — De Monts, Champlain, Pontgravé, les trois chefs de l'expédition, suivis de l'équipage du *Don de Dieu*.

V. — Henri IV, Sully et la cour de France.

VI. — Dollard et ses 16 compagnons français au Long-Sault.

VII. — Découvreurs et fondateurs de villes : Joliette, La Salle, Maisonneuve, etc.

VIII — Cavalcade représentant Tracy et sa suite, composée de 24 gardes et de 4 compagnies du régiment de Carignan-Sallières.

IX. — Duluth et les Coureurs de bois.

X. — Frontenac accompagné de ses gardes, de son état-major, du Conseil Souverain et des miliciens de Robineau, de Bécancourt, d'Iberville et autres chefs.

XI. — Mademoiselle de Verchères accompagnée de ses frères et de ses suivants, et de groupes de sauvages.

XII. — Montcalm et Lévis à la tête de leurs régiments, La Sarre, Languedoc, Béarn, Guienne, Royal Roussillon, Berry, troupes de la marine, milices canadiennes, Sauvages alliés.

XIII. — Wolfe et Murray et leurs régiments : Amherst, Ansthruther, Lacelles, Kennedy, Bragg, Otway, des Grenadiers de Louisbourg, des Montagnards écossais et du Royal Américain.

XIV. — Guy Carleton et les principaux officiers des troupes régulières et de la milice canadienne, défenseurs de Québec, en 1775.

XV. — Salaberry et ses 300 Voltigeurs de Châteauguay.

se livrent bataille jusque dans vos murs. C'est à ce spectacle, pour eux réjouissant, que les Rothschild tiennent à assister en bonne place et au premier rang.

Les Juifs n'ont-ils pas à leur dévotion vingt loges à Montréal, huit à Québec, nombre d'autres disséminées dans tout le *Dominion;* le parti libéral n'est-il pas à leur solde et Wilfrid Laurier à leurs pieds ? est-ce qu'ils ne sont pas directeurs ou commanditaires de la plupart de vos journaux, et ne forment-ils pas votre opinion publique comme ils dirigent votre politique économique et sociale ? C'est ainsi qu'ils font illusion à la masse ignorante jusqu'à lui faire acclamer Wolfe et Murray au lieu de Cartier et de Champlain![1]

---

1. Mais ce qui nous chagrine, ce qui nous blesse et ce qui nous révolte, c'est que l'on se soit servi de cette intervention et de cette coopération dont l'inspiration n'eût dû être que généreuse et amicale, pour « voiler l'idée maîtresse du troisième centenaire de Québec. »

Ce qui nous peine, ce qui nous offense, ce contre quoi nous élevons notre protestation, c'est que le troisième centenaire en doive être à peine un, qu'on l'ait scindé en deux, qu'un centenaire et demi lui ait été pratiquement substitué, que l'on se prépare à donner la préséance à Wolfe sur Champlain, à la bataille des Plaines sur la cité de Champlain, à 1759 sur 1608, et que, sous le nom du troisième centenaire de la fondation par la France d'un pays nouveau, l'on célèbre en fait la victoire de l'Angleterre sur la France, la cessation de la domination française, la cession de la Nouvelle-France par la vieille France à Albion, l'avènement du régime britannique.

Sous le masque du canadianisme de ces fêtes, c'est l'impérialisme qui se fait jour. L'impérialisme s'affirme en plein Québec : Québec devient le centre de l'empire...

Que vient faire sur un programme de la célébration du troisième centenaire de Québec la commémoration de la cession du Canada ? La fondation de Québec et la conquête du Canada, qu'ont-elle de commun ? En quoi 1759 complète-t-il 1609 dans la célébration du troisième centenaire de Québec ? En quoi le rachat des Plaines d'Abraham ou des champs voisins constitue-t-il un événement si important que l'on doive l'exalter au point de lui donner la primauté sur l'acquisition d'un vaste empire à la civilisation chrétienne, et au point de rendre secondaire à cette « supercherie historique » l'importance primordiale de l'événement que l'on est supposé célébrer et que l'on devrait célébrer.

Si Son Excellence le gouverneur du Canada a résolu d'impérialiser ce troisième centenaire, si elle et ses coryphées s'épouvantent à la pensée que l'on puisse rendre, pur et sans mélange, à la pure gloire de l'œuvre française et catholique de Champlain, l'hommage qui lui est dû, les Canadiens français, eux, vont-ils se résoudre à se laisser prendre au piège, vont-ils sacrifier leur

C'est donc avec juste raison que la *Croix* de Montréal s'écrie : « En 1906, Emile Flourens, ancien ministre des affaires étrangères de la République française, publiait son livre révélateur et documenté : *La France conquise. — Edouard VII et Clémenceau.*

» Peuple canadien-français, prenons bien garde à nous !...

» Si nous ne savons pas vouloir nous organiser à temps — tout de suite — pour la défense nationale, religieuse et sociale contre la juiverie et la Maçonnerie, le groupe des Rothschild de la place Frontenac pourrait bien servir un jour d'en-tête illustrant un nouveau chapitre de la « France conquise » ou un dernier chapitre d'une dernière édition de la *France juive:* « Les Barons de Québec. »

» Que Dieu nous garde ! Mais gardons-nous bien nous-mêmes, car, ce jour-là, nous aurions à livrer un combat suprême pour la vie ou pour la mort ! Voyez la France !... »

LE SOLLICITOR

Nous la contemplons, cette pauvre France, sans nous lasser et avec quelle pitié, avec quelle tristesse ! car son triste sort nous fait redouter une pire aventure. La France est le paradis des fils d'Israël : ils s'y comportent si bien en conquérants qu'il est manifeste pour tout spectateur que cette race

---

fierté nationale à la ruse ou à la politique impérialiste même d'un gouverneur.

Cette fierté française, ce sens délicat de l'honneur, ce sentiment jaloux de la dignité humaine, se peut-il qu'ils les aient perdus au point de ne pas sentir l'injure ?

Le riche sang qui coule dans les veines des hommes de la race la plus forte du monde, est-il à ce point appauvri, leurs âmes sont-elles à ce point abâtardies, leurs caractères sont-ils à ce point avachis qu'ils recevront un tel affront sans rougir, sans se lever dans leur dignité et protester avec énergie ? Victimes d'une nouvelle ruse, seront-ils asservis par les maîtres comme de vils esclaves ?

A quoi tient la supériorité des Anglo-Saxons dans l'espèce sinon à l'audace ? A quoi tiendrait l'infériorité des Canadiens français dans l'espèce sinon à une servile lâcheté ?...

La Vérité de Québec, 23 mai 1908.

maudite de Dieu est le chiendent de la civilisation militante au service du Christ.

LE DIRECTEUR

Sans doute...

Messieurs, si vous êtes à Paris pour quelque temps, et si vous pouvez me consacrer quelques loisirs, nous continuerons cet entretien et je vous communiquerai d'autres documents faits pour vous étonner.

LE PROFESSEUR

Merci, cher Monsieur, et puisque vous nous y invitez, nous reviendrons, certains d'avance de nous instruire agréablement.

OCCASIONS pour nos CLIENTS

SUITE.

La Papauté devant l'Histoire, par le Chanoine FOURNIER, 2 vol. in-4° illustrés
  50 fr. net. . . . . 35 fr.
Joannis Duns Scotti opera omnia, édit. VIVÈS, 26 vol. in-4° 800 fr. net . . . . . 400 fr.
Joannis de Lugo opera omnia, édit. VIVÈS, 8 vol. in-4° 300 fr., net. . . . . . 150 fr.
Œuvres de Saint Jean Chrysostome, trad. en français par l'abbé BAREILLE, 21 vol.
  420 fr., net . . . . 250 fr.
Saint Jérôme, œuvres complètes, trad. en français par BAREILLE et PERRONE,
  18 vol. in-4° 216 fr., net. . . . . 120 fr.
Roberti Bellarmini opera omnia, par Mgr FÈVRE. 12 vol. in-4° 200 fr., net. . . . 150 fr.
Saint Thomas d'Aquin, opuscules théologiques et philosophiques, traduits par
  BANDEL, etc. 7 vol. in-8° 42 fr., net. . . . . 25 fr.
Saint Thomas d'Aquin, commentaires sur les Epîtres de St Paul, 6 vol. in-8° 36 fr.,
  net. . . . . 25 fr.
Sancti Bonaventuræ opera omnia, par PELTIER, 15 vol. in-4° 400 fr., net . . . 250 fr.
Sainte Bible, nouveau commentaire d'ALLIOLI, 8 vol. in-8ª 48 fr., net . . . . . 30 fr.
Summe Théologique de St Thomas, par LACHAT, 16 vol in-8° 128 fr., net . . . 80 fr.
Summa Summæ S. Thomæ, par BILLUART, 6 vol. in-12 . . . . 20 fr.
Theologiæ Suarez Summa par NOEL, 4 vol. in-8° . . . . 20 fr.
Vies des Saints, extraits populaires pour lectures de famille de RIBADENEIRA. . . 15 fr.
Les Représentants du peuple en Mission près des armées, par BONNAL DE
  GANGES, archiviste au ministère de la Guerre, 4 vol. 32 fr., net . . . . . 20 fr.
La Chasse à travers les Ages, par le Cte de CHABOT, vol. illustré, broché . . . 50 fr.
  Papier japon . . . . 100 fr.
Migne : La plupart des Dictionnaires de théologie, de liturgie, droit canon, et, en
  général, de sciences religieuses ; de 3 à 4 fr. le vol. . . . . fr.
Conférences Ecclésiastiques sur le mariage où l'on concilie la discipline de l'Église
  avec la jurisprudence du royaume (1775). 5 vol. reliés. . . . . fr.
Œuvres de Saint Léonard de Port Maurice. 3 vol. in-8° . . . . fr.
Catéchisme en chaire, (1856). 3 vol . . . . fr.
Catéchisme philosophique (1859). 2 vol. in-4°, br. . . . . fr.
Explication historique, dogmatique, morale, liturgique, canonique du catéchisme,
  par l'abbé Ambroise Guillois (9e édition). 4 vol. . . . . fr.
Catéchisme du R. P. L. de Grenade (1825). 7 vol. brochés. . . . . fr.
Soirées chrétiennes, Explications du catéchisme par des comparaisons et des exem-
  ples, par l'abbé Gridel, (1856). 9 vol. brochés. . . . . fr.
Bibliothèque des Prédicateurs, du R. P. Houdry. 8 vol . . . . 30 fr.
La Somme théologique de Saint Thomas par Billuart. 10 vol. in-8° (Perisse) 25 fr.
Sermons du R. P. Billuart. 2 vol. . . . . fr.
Sainte Bible de Vence, (latin-français) avec Atlas et appendice, renfermant plu-
  sieurs dissertations et préfaces. 27 vol . . . . 80 fr.
Institutions théologiques de Libermann (1855). 5 vol. brochés . . . . . . fr.
Catéchisme de Canisius. 6 vol. in-8° . . . . 20 fr.
Œuvres oratoires du cardinal Cl. Villecourt (1861). 5 volumes . . . . . . fr.
Conférences ecclésiastiques du diocèse d'Angers par Mgr Gousset. 27 vol. bien
  reliés (1823). . . . . 60 fr.
Œuvres du comte de Valmont ou les égarements de la raison. 6 vol. ill. (1807) . fr.
Erreurs de Voltaire (les) (1823). 2 vol. . . . . fr.
Sermons à l'usage des missions, par l'abbé Blin. 4 vol. (1856). . . . . . . fr.
Instructions familières par Guillet. 4 vol. (1858). . . . . fr.
Instructions morales sur la doctrine chrétienne (1843). 4 vol. in-12 . . . . . fr.
Tronson. 1 vol . . . . fr.
Discours de R. Bellarmin. 4 vol. (1855) . . . . fr.
Prônes par Badoire, ou quatre années pastorales. 1 vol. in-8° (coll. Migne). . . fr.
Annuaire de Marie. 2 vol. in-12, brochés . . . . fr.
Déification de l'homme par la grâce. Gridel. 2 vol. in-12, brochés . . . . . fr.
Histoire du Concile de Trente, 3 vol. brochés, édit. Migne . . . . fr.